亮真は上半身裸になると、
ベッドの上で胡坐をかく。
その背中に、小さく
すべすべとした二本の手が
ソッと添えられた。
「それでは始めますね」
RECORD OF WORTENIA WAR
ウォルテニア戦記

それは、亮真の握る槍の柄に
被せられた金属製の管の存在。

（なんだこの速さは！
それに、槍の引き戻しが
早すぎる！）
ロベルトは大きく飛びのいて
間合いを取る。

その言葉を聞いた瞬間、
ロベルトの目が鋭い光を放った。
「御屋形様……ねえ」

RECORD OF WORTENIA WAR

ウォルテニア戦記

XV

Ryota Hori
保利亮太

口絵・本文イラスト　ｂｏｂ

CONTENTS

HOLY QWILTANTIA EMPIRE
KINGDOM OF HELNESGOULA
O'LTORMEA EMPIRE
SOUTHERN KINGDOMS
KINGDOM OF XAROODA
KINGDOM OF RHOADSERIA
KINGDOM OF MYEST
VORTENIA PENINSULA

WORLD MAP of 《RECORD OF WORTENIA WAR》

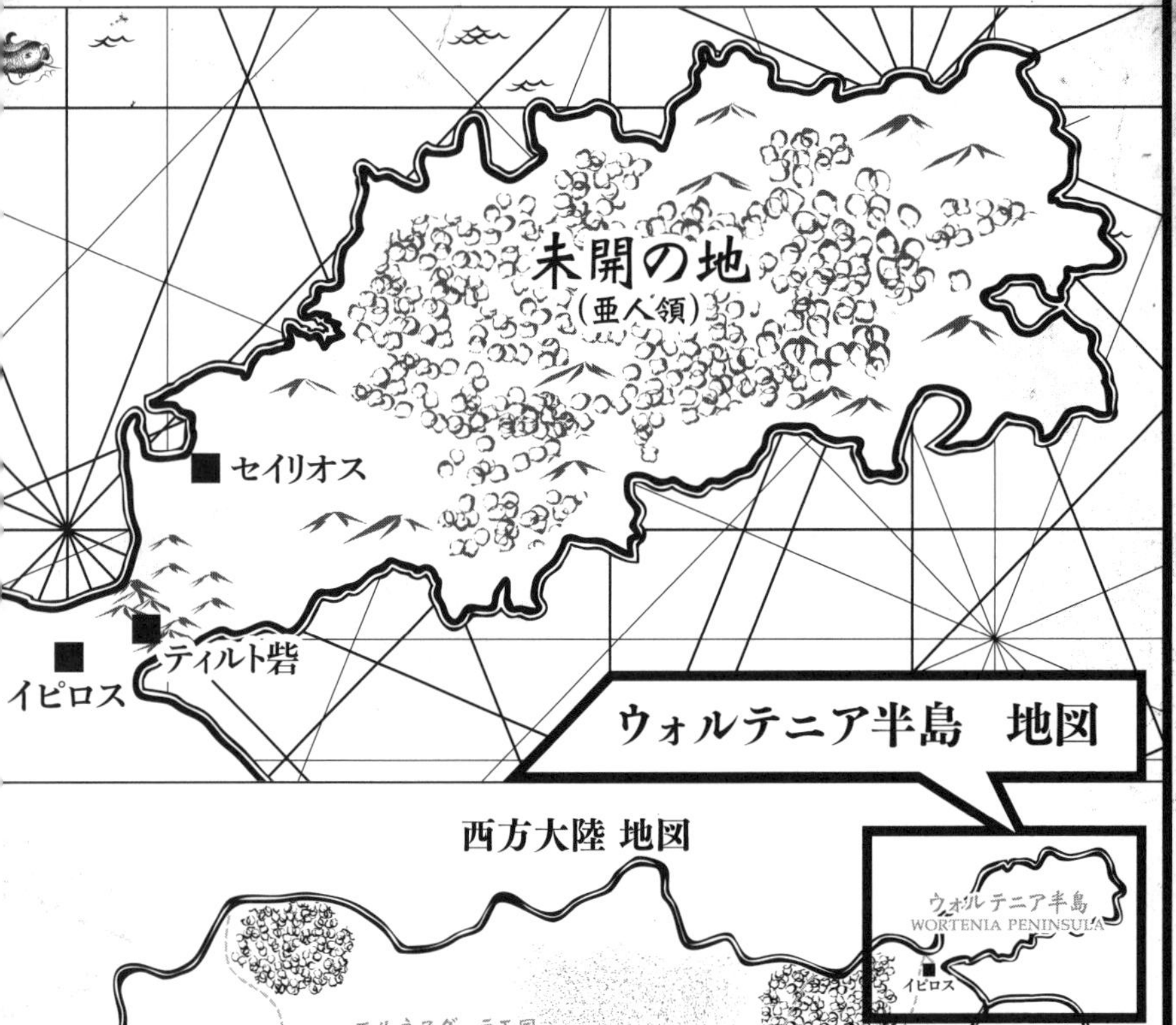

未開の地
(亜人領)
セイリオス
ティルト砦
イピロス
ウォルテニア半島　地図

西方大陸 地図

ウォルテニア半島
WORTENIA PENINSULA
イピロス
エルネスグーラ王国
KINGDOM OF HELNESGOULA
ミスト王国
KINGDOM OF MYEST
ピレウス
キルタンティア皇国
HOLY QWILTANTIA EMPIRE
ザルーダ王国
KINGDOM OF XAROODA
フルザード
オルトメア帝国
O´LTORMEA EMPIRE
帝都オルトメア
イラクリオン
ローゼリア王国
KINGDOM OF RHOADSERIA
南部諸王国
SOUTHERN KINGDOMS
ブリタニア王国
KINGDOME OF BRITIRNIA
ベルゼビア王国
KINGDOME OF BELDZEVIA
タルージャ王国
KINGDOME OF TARHUJEA

プロローグ

須藤秋武《すどうあきたけ》が、ローゼリア王国の首都ピレウスの雑踏《ざっとう》の中にその姿を消して数時間が経《た》った。

蝋燭《ろうそく》の灯《ひ》が瞬《またた》く中、【赤星亭《あかぼしてい》】の一室では二人の男が押《お》し黙《だま》ったまま、微動《びどう》だにせず向かい合っていた。

一人はこの部屋の主《あるじ》である、ローランド枢機卿《すうききよう》。

もう一人は、中肉中背の男だ。

年齢《ねんれい》は三十代前半から三十半ばと言ったところか。どれほど高めに見積もっても四十代には届かないだろう。

少し色がくすんだような金髪《きんぱつ》を長く伸《の》ばし、ポニーテールにしている。

白い肌《はだ》に青い目。

この大地世界《アース》に生きる住人としては取り立てて人目を惹《ひ》くような物ではない。

細面《ほそおもて》の顔に細い目は、どこかイタチか狐《きつね》を連想させる。

とは言え、凡庸《ぼんよう》と言っていい風貌《ふうぼう》だろう。

或《あ》いは、人の記憶《きおく》に残り難《にく》い顔立ちと言った方が適正かもしれない。

だが、見る者が見れば、それだけではない事はすぐに分かる。

細い線の様な目から放たれる眼光の鋭《するど》さは、並みの人間では絶対に持ちえない光だ。

そして、細身だががっしりとした体。

勿論《もちろん》、服に隠《かく》されているので一見したところは、ただの優男《やさおとこ》の様に見えるだろう。

しかし、二《に》の腕《うで》の太さや首回りの筋肉などから、見る者が見れば一目で男の力量は察する事が出来た。

言うなれば猫科《ねこか》の猛獣《もうじゅう》と言ったところだろうか。

男は跪《ひざまず》きながら、目の前のソファーに悠然《ゆうぜん》と腰《こし》を下ろすローランド枢機卿を見上げる。

本来であれば、男の行動は無礼と咎《とが》められる類《たぐい》のものだ。

未《いま》だに顔を上げよと主から声を掛《か》けられた訳ではないのだから。

だが、男とローランド枢機卿との間には、そんな不作法が許容されるくらいの強固な信頼《しんらい》関係が構築されている。

それは、この一見したところ温和な印象しか与《あた》えない老人から、リカルドが絶大とも言うべき信頼を得てきた証《あかし》だ。

問題はその信頼関係が今回の失態に因《よ》って、砂上の楼閣《ろうかく》の様に崩《くず》れ去《さ》るかもしれないという点だろうか。

男の名前はリカルド。

ローランド枢機卿の表に出せない汚《よご》れ仕事を一手に担《にな》ってきた懐刀《ふところがたな》の一人だ。

(猊下《げいか》がこのように考え込まれるとは……やはりあの男は……)

リカルドがローランド枢機卿に仕えるようになってから十数年の月日が経つが、これほどまでに険しい表情を浮《う》かべているのを目にしたのは、片手で数えられる程度だろう。

どれもが一大転機とも言うべき何かを決断した時だった。光神教団《こうしんきょうだん》とローランド枢機卿個人のどちらかにとって……

そして、その結果、西方大陸に割拠《かっきょ》する各国に少なからず影響《えいきょう》が出た。

静かな水面に投げ込まれた石に因って、周囲に波紋《はもん》が広がっていくかの様なものだろう。

確かに光神教団は国家ではない。

だが、だからと言って周囲に対して影響力《えいきょうりょく》が無い訳ではないのだ。

いや、影響力がないどころか、西方大陸に割拠する国家と同じか、それ以上の力を持つ組織と考える方が自然だ。

組織の規模としては、西方大陸全土に根を張《は》り巡《めぐ》らせ、冒険者《ぼうけんしゃ》や傭兵《ようへい》を管理するギルドに比肩《ひけん》するのだから。

また、光神教団の組織としての性質は、各支部の独立色が強いギルドよりも、限りなく国家に近い。

ギルドは基本的に各支部の独立採算制なので、横の関係も縦の関係も希薄《きはく》と言えるだろう。

所属している冒険者や傭兵達《たち》の大部分は、ギルドを便利な組織とは認識《にんしき》していても、忠誠の対象としている訳ではない。

仮にギルドの存続が危《あや》ぶまれる事態になったとしても、彼等《かれら》はその為《ため》の犠牲《ぎせい》を払《はら》う事はないだろう。

それに対して光神教団と言う組織は真逆だ。

確かに光神教団には国王も貴族も存在しないし、国民と呼べる存在も居ないのは確かだが、教皇を頂点とした階級社会であり、無数とも言える信者がいる。

そして彼等は一度《ひとたび》教皇の号令の下《もと》に聖戦が宣言されれば、自らの命すら擲《なげう》って戦場に向かう。

そんな信者が国境を越《こ》えて西方大陸全土中に散らばっているのだ。

その規模と統制力は国家と言う枠組《わくぐ》みでは収まらない。

正しく国家という枠組みを超《こ》えた組織だ。

ただそれだけに、光神教団内部の暗闘《あんとう》は熾烈《しれつ》を極《きわ》めている。

如何《いか》に宗教組織であっても綺麗事《きれいごと》だけで組織の運営は出来ないという事なのだろう。

ましてや、それが西方大陸の全土に根を張る様な巨大《きょだい》組織ともなれば猶更《なおさら》だ。

この大地世界に乱立する諸国と教団に違《ちが》いがあるとすれば、それは世襲制《せしゅうせい》かどうかという点だろうか。

世襲制とは、特定の地位や役職に就《つ》くのに際して、特定の血縁《けつえん》を持つ人間だけにそれを許容すると言う制度の事だ。

例えば日本の天皇家は現代においても世襲を維持《いじ》している。

また、英国も世襲によって王位を継承《けいしょう》している国だ。

確かに、現代社会では前時代的な悪習と言われる事の多い制度ではある。

だが、その制度の善悪は別として、世襲制には一定の利点があるのだ。

特に安定性と言う意味では抜群《ばつぐん》と言えるだろう。

ただ問題は、弊害《へいがい》の方だ。

特に資質を持たない人間が世襲によって地位を得る場合は悲惨《ひさん》な事になる場合が多いと言える。

現代日本には貴族制度がないので、普通《ふつう》に生きていく上でそこまで世襲制を意識する事はないだろうが、全くない訳ではない。

例えば会社経営だ。

日本でも、親が経営している会社を継《つ》いだ二代目が、継いだ途端《とたん》に経営を悪化させて会社を倒産《とうさん》させるなんて事を聞く事がある。

これこそ、まさに世襲による弊害の代表的な事例と言えるだろう。

勿論、これは何も二代目に限る話ではない。

代を重ねる毎《ごと》に創業者の苦労が忘れられ、恩恵《おんけい》だけを享受《きょうじゅ》していく結果、後継者《こうけいしゃ》の資質が劣化《れっか》してしまう可能性が高いのが世襲の弊害と言える。

だが、だからと言って実力主義がそこまでよいのが問われると、首を捻《ひね》る人間も多いだろう。

実際、実力主義を標榜《ひょうぼう》した会社が、内紛《ないふん》で分裂《ぶんれつ》してしまうなんて事も聞く。

そこまでいかなくとも、実力主義の弊害は、誰《だれ》が実力を評価するのかと言う点だろう。

他人を評価する際に、客観性をどこまで保てるのかと言うのが、実力主義を採用する上での最大の問題点だ。

勿論、事実をありのまま評価すれば良いだけの事ではある。

だが、それは言葉にするほど簡単ではない。

人間とはどうしても主観的な判断をしてしまう存在なのだから。

容姿や恋愛《れんあい》感情で人を贔屓《ひいき》してしまう事は確かに論外だ。

だが、性格の合う人間合わない人間と言うのは確実に存在する。

俗《ぞく》に言うところの反りが合わない人間関係という奴《やつ》だ。

これが同僚《どうりょう》であればまだ良いが、先の実力主義制度を採用している会社で上司と部下の関係になると最悪と言える。

勿論、人事考課の基準として客観性を保つようにと言われるが、人の印象や感情と言う物は時に自分自身でも制御《せいぎょ》できない。

また、評価を受ける側の心理も考慮《こうりょ》しなければならないだろう。

自分が嫌《きら》いな上司が下した評価を、正当なものだと受け入れる事が出来るかどうかと言う問題が出てきてしまうからだ。

それがマイナス評価であれば、自分が嫌われているから不当に扱《あつか》われていると感じるだろうし、仮にプラスの評価をされたところで、感謝するどころか、他の人間ならもっと高い評価をしてくれたに違いないと感じてしまうのが人間なのだ。

事実上、完全に公平で公正な実力主義を実現する事は不可能に近い。

また、第三者の目に見える形で結果を出せる仕事ばかりではない事にも注意が居る。

実力主義は平均的な能力で日々の業務を忌憚《きたん》なくこなすという人間には不利に働いてしまう事が多い。

例えば警察官の仕事は犯罪者の検挙と抑止《よくし》だ。

だが、検挙した件数だけがもてはやされ、抑止に尽力《じんりょく》している警察官の日常業務を正当に評価しているとは到底《とうてい》言えないのが現状だったりする。

これは、犯罪の発生を未然に防いだという抑止の効果を、数字として表す事が難しい事が原因だ。

何事も起きない事が逆に、仕事をしていないという評価につながってしまう場合だってありえる。

その結果、労働意欲を削《そ》がれる事になる訳だ。

結局、どんな制度を選んでも一長一短だという事に他《ほか》ならない。

後は、何を重視し何をリスクとして許容するかと言うだけの事。

そう言う意味からすると、光神教団は上手《うま》く世襲制と実力主義の良いところを両立させた。

大司教などの高位聖職者の親族がその地位を継承する事も多い一方で、平民階級から実力でのし上がってくる人間も少なくない。

その最たる実例こそローランド枢機卿だろう。

ただし、残念な事にリカルドの前に座《すわ》るローランド枢機卿が光神教団の頂点に座する日が来る事はない。

確かに、教皇は枢機卿の中より投票によって選出されるのが仕来《しきた》りだ。

とは言え、枢機卿の地位についている人間であればだれでも良いという訳ではないのだ。

候補者となるのは、初代教皇の血を引くとされる特定の家系に生まれた者に限られている。

そして、ジェイコブ・ローランドは残念ながらその血族の出身者ではなかった。

だが、だからと言って光神教団が世襲制と言う鎖《くさり》に縛《しば》られていると判断するのは早計と言える。

（教皇にはなれずとも、貧しい平民の出身だという何の後《うし》ろ盾《だて》も持たないこの方が、一介《いっかい》の司祭から枢機卿という地位にまで上《のぼ》り詰《つ》められたのは事実なのだから……）

光神教団の頂点に立つ教皇は、国家になぞらえて考えると国王に等しい存在だ。

その場合、光神教団の一般《いっぱん》信徒を指導管理する司祭などはまさに貴族に等しい存在と言えるだろう。

特に枢機卿とは教団の中では教皇の次の高位に属する存在であることを考えると、最低でも公爵位《こうしゃくい》、場合によっては大公位にも匹敵《ひってき》する。

何しろ枢機卿には教皇を選ぶという特権があるのだから。

リカルドの主であるローランド枢機卿は、平民階級の出身でありながら、そんな高位にまで上り詰めた、まさに立志伝中の人物と言っていいだろう。

勿論、此処《ここ》迄《まで》成り上がるには並大抵《なみたいてい》の努力では到底足りない。

それこそ人知れず血反吐《ちへど》を吐《は》く程《ほど》の代償《だいしょう》を支払ってきた筈《はず》だ。

だが、ローランド枢機卿の普段《ふだん》の態度や言動からは、そんな自らの努力や支払ってきた代償と言った影《かげ》の部分を感じる事は出来ない。

常に笑《え》みを絶やさず、特別な権力や資産のない一般信者に対しても分《わ》け隔《へだ》てなく接している。

穏《おだ》やかで人当たりの良い人格者と言うのが教団内部での一般的《いっぱんてき》な評価だ。

そんなローランド枢機卿は今、先ほど上げたリカルドの報告を聞いた後、眉間《みけん》にしわを寄せながらジッと黙り込んでいる。

主の姿を見つめながら、リカルドは自分達の尾行《びこう》をまいてみせた須藤の後ろ姿を思《おも》い浮かべていた。

（まさか、あの男があれほど隠形《おんぎょう》に長《た》けた手練《てだ》れだったとは……）

それは、リカルドにとって初めての屈辱《くつじょく》と言えた。

標的の行動を見張り、追跡《ついせき》するなどリカルドと彼《かれ》が率いる部下達にとっては日常的な仕事であり、今まで一度としてローランド枢機卿の期待を裏切った事など無かったのだから。

別に油断していた訳ではないし、須藤秋武と言う人間を甘《あま》く見《み》ていた訳でもない。

だが、リカルドは古くからローランド枢機卿に仕えていたという経緯《けいい》もあって、須藤とは幾《いく》度《ど》か直接言葉を交《か》わした事があったのが仇《あだ》となったのは確かだろう。

それに、今回下されたローランド枢機卿からの命令は突発的《とっぱつてき》なものだ。

（そう言う意味から言っても、猊下の御命令《ごめいれい》に対応出来る人間は限られているだろう。また、

事前準備を行えた訳ではないので、どれほど腕利《うでき》きであってもあの男に尾行を気付かれるというリスクがあったのは確かだ）

そんな思いがリカルドの胸中に過《よぎ》った。

だが、今回の失態における最大の要因は他にある。

（地の利を得られなかった……）

それこそが、失態の最も大きな要因。

ローランド枢機卿の裏仕事を一手に担うリカルドにとって、主と自分自身が滞在《たいざい》する街の地理を事前に把握《はあく》していくのは当然の事だった。

何しろ光神教団内で繰《く》り広《ひろ》げられる暗闘は熾烈だ。

そしてそれは、上の階級に上がれば上がる程、苛酷《かこく》を極めている。

流言飛語はもとより、破壊《はかい》工作や暗殺などもさほど珍《めずら》しい事ではない。

実際、品行方正な人格者として一目も二目も置かれているローランド枢機卿もその洗礼を潜《くぐ》り抜《ぬ》けてきた猛者《もさ》。幾度となく刺客《しかく》に襲《おそ》われているし、リカルドに命じて裏から手を回して処理させた事もない訳ではないのだ。

そんな主に仕えるリカルドにとって、自分達が滞在している街の地理を把握する事は、文字通り生死に直結する。

敵が放った刺客から襲撃《しゅうげき》を受ける場合もあるし、現地勢力間で抗争《こうそう》が起きる可能性もあるだろうし。

場合によっては地震《じしん》や台風などの自然災害に巻き込まれる事も考えられる。

勿論、それらが実際に起こる可能性は低い。

だが可能性はゼロではない。

実際、片手で数えられる程度ではあるものの、リカルドがローランド枢機卿に仕えてからもそう言った不運に見舞《みま》われているのだから。

そしてそのどれもが、リカルドの機転と事前の準備が無ければ切《き》り抜けられない様な窮地《きゅうち》だった。

だから、当然の備えとして、此処《ここ》ローゼリア王国の首都ピレウスの地理に関してもリカルドは事前に把握済みだ。

聖都よりの一行が逗留《とうりゅう》しているこの【赤星亭】から、王都の外へと脱出《だっしゅつ》する経路も複数把握している。

その際に必要となると思われる人員の手配も、リカルドの伝手《つて》を使って既《すで》に済んでいた。

ただ、裏路地の一本一本まで完全に把握しているかと問われれば、長年密偵《みってい》として生きてきたリカルドであっても流石《さすが》に不可能だ。

（ここが聖都であれば、人を大量に動員するという手も打てたのだが……）

光神教団の本拠地《ほんきょち》である聖都メネスティアと、地縁《ちえん》のない王都ピレウスでは選択肢《せんたくし》が限られてしまうのも大きな痛手だった。

何しろ、聖堂騎士団《せいどうきしだん》の精鋭《せいえい》が護衛として付き従っているとはいえ、彼等はローランド枢機卿の部下ではないのだから。

それは、常日頃《つねひごろ》から親交のあるロドニー・マッケンナやメネア・ノールバーグであっても同じだ。

会社に例えれば、二人とローランド枢機卿は同じ光神教団に所属するいわば同僚だが、同じ部署に所属している訳ではないし、役職も異なる。

勿論、何か困った事があれば、互《たが》いに分け隔てなく相談や対応も依頼《いらい》出来る間柄《あいだがら》ではあるだろう。

今回の長旅にロドニーが随行《ずいこう》しているのも、両者の間の親交があればこそローランド枢機卿が護衛として指名した結果なのだから。

だが、だからと言って彼等は主従関係ではない。

今回の様な裏の汚れ仕事に属する類《たぐ》いの頼《たの》みをする訳にはいかないのだ。

そしてそれは、随行している他の教団員達にも同じ事がいえる。彼等が従うのはあくまでも光神教団であり、ローランド枢機卿という個人ではない。

そう言う意味からすれば、今回の旅に同行した子飼いの部下はリカルドを含《ふく》めてほんの十人程だろうか。

(勿論、その全員が優秀《ゆうしゅう》な人間ばかりだ……だが……)

リカルドの脳裏《のうり》に同僚達《どうりょうたち》の顔が浮かんだ。

物騒《ぶっそう》なこの大地世界で生きる人間の嗜《たしな》みとして、自衛出来る程度の腕前《うでまえ》は持っているし、彼等全員がローランド枢機卿の身を守る個人的な護衛役と言う側面も持っているので、信頼性《しんらいせい》と言う観点でも問題はないだろう。

だが、少しばかり武術の心得があろうと、今回の様な仕事を任せられる人間として考えた場合、適任者と呼べるのはこの場に居るリカルドと別室に待機している三人の部下しかいない。

人手が足りているとは到底言えないだろう。

とは言え、リカルドを筆頭に彼の部下も腕利きばかりだ。

相手が本当に何処《どこ》かの商家に属する素人《しろうと》ならば、リカルドと彼の部下達だけでも、尾行は問題なく遂行《すいこう》出来た筈だった。

だが、須藤秋武がただの素人でないとなれば話は大きく変わって来る。

勿論、それはただの言い訳だ。

準備が万全《ばんぜん》に整っている仕事など、そうあるものではないのだから。

いや、準備が足りない仕事を何とか成功に導く事こそが、リカルドの様な男の仕事であると言ってもいい。

その為に、ローランド枢機卿はリカルドに対して密偵に与えるにしてはかなり多額な給金を支払い、絶大な権限を与えているのだから。

とは言え、それはあくまでも部下が持つべき心構えなのも確かだろう。

部下は上司から与えられた無理難題を努力で何とか遂行する事が役目であるとしたならば、上司はそんな部下の苦労を少しでも減らし、より仕事が達成しやすい環境《かんきょう》を整える事こそが役目なのだから。

しかし、それは理想でしかない。

大抵《たいてい》の場合は部下だけに無理難題を押し付《つ》け、上司は素知らぬ顔をしている事が往々にしてある。

そしてそれは、神に仕える高潔な聖職者の集団である筈の光神教団であっても同じだ。

そう、ローランド枢機卿の様な極《ごく》一部を除いて……

だから、尾行を巻かれたという報告を上げても、リカルドがローランド枢機卿から叱責《しっせき》を受ける事はない。

勿論、身分を考えれば、ローランド枢機卿がどれだけ居丈高《いたけだか》な態度であったとしても文句は出ない。

また、どれほど理不尽《りふじん》な命令であったとしても、リカルドが否《いな》と答える事はないだろう。

生殺与奪《せいさつよだつ》も思いのままだ。

しかし、ローランド枢機卿は一度としてそんな振舞《ふるま》いを見せた事はなかった。

自分自身が、そう言った理不尽とも言える苦労を乗《の》り越えてきた結果、今の枢機卿と言う地位にまで上ったのであり、その過去を彼自身が覚えているからだろう。

リカルドの主はそう言う意味から言っても、実に仕えるかいがある人間だと言える。

(だが、だからこそ……今回の失態は許されない……)

主に失態を責められないからと言って、それでリカルドの責任が無くなる訳ではないのだ。

いや、叱責も処罰《しょばつ》もされないからこそ、逆に居た堪《たま》れなくなるのが人間の感情が織りなす不思議さと言えるだろう。

こうなれば、リカルドがとるべき道は一つしかなかった。

顔を伏《ふ》せたまま、リカルドの右手が己《おのれ》の左胸に触《ふ》れる。

服の上からだが、指先にハッキリと感じる固い物の存在が、リカルドに覚悟《かくご》を決めさせていた。

それは、リカルドがローランド枢機卿の影仕事を請《う》け負《お》うと決めたあの日から、片時も肌身《はだみ》離《はな》さず身に付けてきた品。

(これを使う事になるとは……)

裏の仕事には常に危険が伴《ともな》う。

そして、失敗は己の命のみあらず、主をも危険に晒《さら》してしまうのだ。

だからこそ、リカルドは常にこの短剣《たんけん》を肌身離さず身に付けてきた。

己の失態を償《つぐな》う最後の手段として……

リカルドがそんなことを心の内で考えていると、今まで沈黙《ちんもく》を守っていたローランド枢機卿がゆっくりと口を開いた。

「まずは急な仕事を頼んで済まなかったな。随分《ずいぶん》と無理をさせてしまった事だろう。まずはその事を詫《わ》びさせてほしい」

その思いがけない言葉に、無礼であると理解していてもリカルドはまじまじとローランド枢機卿の顔を見つめてしまう。

叱責をされないとは考えていたが、まさか謝罪されるとまでは考えていなかったのだ。

だが、そんなリカルドが受けた衝撃《しょうげき》を他所《よそ》に、ローランド枢機卿は言葉を続ける。

「それと、尾行を巻かれた事も気にする必要はない。皆《みな》の腕前は私が一番よく理解している。そんなお前達が最善を尽《つ》くした結果がこれならば、須藤の手腕《しゅわん》が並み外れていたというだけの事だ。それにここはメネスティアではない。人目を引く事を避《さ》けなければならない以上、打てる手も限られていただろう？」

その言葉に、リカルドは軽く肩《かた》を震《ふる》わせたものの沈黙を守る。

ローランド枢機卿の言葉は、確かに事実の一端《いったん》を表していた。

だが、それは決してリカルドの立場では安易に肯定《こうてい》する事は出来ない言葉だ。

そんなリカルドの心境を察したのだろう。

ローランド枢機卿の唇《くちびる》から小さなため息が零《こぼ》れる。

そして、押し黙ったまま跪くリカルドへ穏やかな笑みを向けた。

「下手をすれば、あの男の手で口封《くちふう》じをされた可能性もある……その可能性を考えれば、お前達が誰一人《だれひとり》欠ける事なく無事に帰ってこられた事を私は嬉《うれ》しく思うよ」

「猊下……」

思いもよらぬ言葉にリカルドは声を詰まらせた。

一介の密偵の命をそこまで重んじてくれるのかと……

勿論、そこに多少の世辞《リップサービス》が含まれているのは、リカルド自身も頭の中で理解している。

所詮、密偵とは消耗品なのだから。

しかし、それでもローランド枢機卿の言葉には、リカルドに対しての尊重や敬意が含まれている事は事実だろう。

そんなリカルドにローランド枢機卿は肩を軽く竦《すく》めて笑った。

それは、実に茶目《ちゃめ》っ気《け》を含んだ仕草だ。

しかし、その仕草は実によくローランド枢機卿から放たれる空気と調和している。

「とは言え、このままという訳にはいかないのも確かだ……教皇聖下より賜《たまわ》った仕事を片付けた後でなければ、メネスティアへ帰る事も出来ないしね」

そして、それまで浮かんでいた笑みを消す。

「だから、リカルド達には早急《さっきゅう》に王都ピレウスにおける諜報網《ちょうほうもう》の構築を進めて欲《ほ》しい。方法は任せる」

その言葉に、リカルドは念を押す。

「地縁の無い土地で本格的な諜報網を構築するとなりますと、かなりの資金が必要となりますが……本当にそこまでしてよろしいのでしょうか？」

大陸南西部の聖都メネスティアと、大陸北東部の王都ピレウスは対極の位置に存在する。

直線距離《きょり》で考えても、三～四ヶ月《かげつ》は掛かる行程だ。

天候や地形に因る迂回《うかい》や足止めなどの要因を考えれば、日数は更《さら》にかさむ。

その上、大陸中央には光神教団と何かと因縁《いんねん》の有るオルトメア帝国《ていこく》が鎮座《ちんざ》している。

勿論、オルトメア帝国も光神教団を弾圧《だんあつ》している訳ではないのだが、かなり冷遇《れいぐう》されていると言っていい。

また、北部を支配しているエルネスグーラ王国もキルタンティア皇国との覇権《はけん》争いの関係で光神教団とは距離を置いている。

オルトメア帝国にせよエルネスグーラ王国にせよ、光神教団が西方大陸唯一《ゆいいつ》の宗教組織という事で、一定の利用価値を認めてはいるものの、変に力を付けられてはたまらないという事なのだろう。

何せ、この大地世界には政教分離《ぶんり》の原則など存在しないのだから。

ただ、そんな地理的な距離と政治的な理由により、ローゼリア王国を含む東部三ヶ国《かこく》に対しての布教はあまりはかばかしくないと言うのが現状だった。

それはつまり、光神教団の影響力が限定的であるという事を示唆《しさ》している。

そんなローゼリア王国で本格的な情報網《じょうほうもう》の構築を行うとなれば、選択肢は二つ。

全くのゼロから自分達でコツコツと作り上げていくか、さもなければ既存《きそん》の組織を上手く使うしかないだろう。

だが、ローランド枢機卿が教皇より受けた任務の特性を考えると、前者の選択肢は選べない上、教団の威光《いこう》が利《き》きにくいこのローゼリア王国では、武力を背景にして既存の組織を乗っ取ると言うのも難しい。

となれば、必然的に買収などの交渉《こうしょう》で何とかするしかないという結論になる。

ただ、問題なのは必要となる資金だ。

(可能か不可能化で言えば、可能だが……果たして……)

情報網の構築自体を無駄《むだ》とは言わないが、問題はどこからその資金をひねり出すのかと言う点だ。

しかし、そんなリカルドの疑問に対して、ローランド枢機卿は平然と頷《うなず》く。

「リカルドの懸念《けねん》はもっともだがね。情報を集めるには何よりも人手が必要だ。その為に必要なら金は幾《いく》ら使ってくれても構わない。なぁに、資金調達は私に任せてくれ」

そう言って笑うローランド枢機卿の言葉に、リカルドは黙って頭を垂れた。

主が此処まで太鼓判《たいこばん》を押す以上、一介の密偵が否を唱える必要はない。

ましてや、リカルドの主は資金調達などを含めた政治的手腕に並み外れた評価を受けている一種の怪物《かいぶつ》だ。

一体どんな伝手を用いて資金を調達してくるかはさておき、この異国の地であってもリカルドが求める金額をかき集めてくるのは間違《まちが》いなかった。

「それでは私は早速《さっそく》……失礼いたします」

そう言うと、リカルドは跪いていた体を起こし、ローランド枢機卿へ深々と頭を下げる。

そして、部屋の扉《とびら》の方へと踵《きびす》を返した。

そんなリカルドの背中に向かって、ローランド枢機卿は口を開く。

「リカルド、確かに須藤の尾行に失敗したのは痛手だ。だから、気にするなとは言わない。だが、お前ほど腕が立ち何より信頼の出来る男はそうはいない以上、私はこれからもお前の力を借りたいと思っている……その気持ちは分かってくれるな？」

ローランド枢機卿の言葉に含まれた真意を察し、リカルドは小さく頷く。

「はい、猊下……分かっております」

そして、扉を開けて再び頭を下げると、足早に部屋を後にした。

その背中を見続けていたローランド枢機卿の口から深いため息が零れる。

それは、この部屋に自分以外は誰もいないからこそあらわに出来る態度だ。

「須藤秋武……か」

ローランド枢機卿の唇から須藤の名前が零れた瞬間《しゅんかん》、彼の表情が歪《ゆが》む。

それは、つい数時間までは親しい友人の名前だった。

突然《とつぜん》の会談要求にも快く応じ、人払《ひとばら》いした密室で共に酒を酌《く》み交わす程度には親しい間柄だった事だけは確かだろう。

(それなのに……今はどうだ……あの男が隠していた牙《きば》をむき出しにした時から、全《すべ》ては変わってしまった)

今のローランド枢機卿は、須藤秋武という名前を口にしただけで、砂を噛《か》んだ様な不快感を抱《いだ》いてしまう。

それほどまでに、今夜の会談はローランド枢機卿にとって衝撃的《しょうげきてき》だったと言えるだろう。

何の後ろ盾も縁故《えんこ》もないジェイコブ・ローランドと言う男が、光神教団の枢機卿という高位聖職者にまで上り詰める事が出来た理由は幾つかある。

人柄《ひとがら》や能力によるところが大きいのは確かだろうし、運にも恵《めぐ》まれていた。

だが、本当にそれだけでここまで上り詰められた訳ではないのだ。

ローランド枢機卿の脳裏に、暗く陰鬱《いんうつ》な表情を浮かべた子供達の顔が過る。

(暗い顔だ……希望も夢もない……空虚《くうきょ》で虚《うつ》ろな目……)

それは、遠い過去の記憶。

光神教団が運営する孤児院の院長を務めていた頃に預かっていた子供達の顔だ。

(あの日、ただの下級司祭の一人でしかなかった私と、あの男が何故《なぜ》繋《つな》がりを持とうとしたのかずっと疑問だった。確かにあれだけの金額をポンと寄付するにはそれ相応の狙《ねら》いがあって当然だろうとは思っていたが……)

話は、今から二十年前に遡《さかのぼ》る。

枢機卿と言う高位にまで上り詰め、光神教団が抱く闇《やみ》を知る立場になった今のローランド枢機卿にしてみれば、光神教団は別に善良な神に仕えし者達の集団ではない事を自分自身が一番良く理解していた。

だが、西方大陸の世間一般の評価としては、光神教団は大地世界を創造した主神であり、数多《あまた》居る神々の王として世界に君臨する光神メネオースに仕える敬虔《けいけん》な聖職者という事になっているし、光神教団もまたそう言う目で見られるようにと、表向きは様々な手段で偽装《ぎそう》を行っている。

孤児院の運営もその手段の一つだ。

実際、二十年前のローランドも神に仕える者の一人として、哀《あわ》れな孤児達《こじたち》を引き取り懸命《けんめい》に育てていた。

とは言え、所詮《しょせん》は世間の目を欺《あざむ》く為の隠れ蓑《みの》。

光神教団の幹部達にしてみれば、本気で親を亡《な》くし生きる術《すべ》を持たない孤児を育てたいと考えていた訳ではない。

当然、孤児院の経営は厳しい物だった。

教会に併設《へいせつ》されていたので住居だけは心配する必要がなかったが、衣と食に関しては本当に最低限生きていけるだけという水準《レベル》。

毎月一定額が教団より支給されるのだが、その程度の金では全部で百人を超える子供達全《たちすべ》ての腹を満たすのは不可能だったし、衣服は古着屋で人数分を買《か》い揃《そろ》えるのが精いっぱいな状況。

当然、子供達の中で替《か》えの服を持っている者は誰もいない。

実際、孤児院を取り仕切っていたローランド自身ですらも、司祭としての体裁《ていさい》を整える為に法衣《ほうえ》の替えを数着持つのがやっとと言う有様だったのだから、その困窮《こんきゅう》具合は想像に難《かた》くないだろう。

それは、まさにギリギリの生活。

いや、ギリギリどころか、死の一歩手前だったと言うのが正解だろうか。

餓死者《がししゃ》こそ何とか出さないようにしていたが、栄養を十分に取っていたとはいいがたい。

実際、ちょっとした風邪《かぜ》をこじらせてしまい、薬を飲む事も出来ずに死に至る子供が年に一人か二人は必ず出てしまっていたのだ。

だがそれでも、ローランドが管理していた孤児院はまだマシな方だと言えた。

酷《ひど》いところになれば、奴隷《どれい》商人と裏で結託《けったく》して子供を売りさばいている様な人間や、ただでさえ十分とは言えない予算をさらに切り詰めて私腹を肥やす様な人間も居るのだから。

そんな、慈善《じぜん》事業とは名ばかりの光神教団の方針を、当時のローランドは苦々しく感じていた。

いや、怒《いか》りと絶望を抱いていたと言っても良いだろう。

何故、慈愛《じあい》を説く聖職者が弱者の苦難を放置するのかと。

人の欲望を全て否定しようとは思わないが、過ぎたる欲望はあまりにも見苦しく、神に仕える人間の行動ではないと考えていたのだ。

だが、光神教団に数多居る下級司祭の一人でしかなかった当時のローランドに出来る事など何もない。

上司や同僚に現状を変えようと説得を試みても、鼻で笑われるのが関の山。

場合によっては、「神に仕える教団の方針を批判するのか！」と、逆に非難の矛先《ほこさき》を向けられる始末だ。

結局、正しさとはそれだけでは意味が無いという事なのだろう。

そんな時、何の前触《まえぶ》れもなくローランドの前に一人の男が現れた。

その男の名は須藤秋武と言う。

そして、何の前触れもなく来訪した須藤は、粗末《そまつ》な客間に通されるや否《いな》や、ローランドの前に小さな革袋《かわぶくろ》と投げ出して見せると、それを孤児院に寄付すると言ったのだ。

机の上に投げ出された瞬間に響《ひび》いた硬貨《こうか》の音からかなりの金額だと想像していたローランドだが、閉じていた革袋の口を縛っていた革紐を解いて中をのぞいた瞬間に、度肝《どぎも》を抜かれた事を今でも鮮明《せんめい》に覚えている。

何しろその袋《ふくろ》の中に入っていたのは、孤児院で暮らす子供達の一ヶ月分以上の食費を賄《まかな》う事が出来るだけの金貨だったのだ。

いや、食材のまとめ買いなどを行い上手くやりくりすれば、半年くらいは百人以上いる孤児院の子供達を飢《う》えから解放する事も不可能ではないだろう。

確かに、大地世界において富める者と貧しき者の差は激しい。

銅貨一枚の価値しかないパン一個を買う為に、半日近い労働に明け暮れる人間も居るし、同じパンを買う為に、金貨で購《あがな》う者もいるのだから。

そう言う意味からすれば、須藤秋武はまさに富める者に属する人間なのは間違いない。

だが、単なる金持ちの気まぐれと言うにはあまりにも寄付金の金額が大きかった事もまた確かだった。

一面識もない人間に与える寄付金としてはあまりに破格すぎる。

そして、須藤が孤児院を訪《おとず》れたのは単なる慈悲《じひ》や気まぐれではなかったのだ。

多額の寄付金を受け取り、心から感謝の言葉を述べたローランドに対して、須藤は何でもない事だと言わんばかりに笑って見せると、背後に控《ひか》えていたお供に合図を送り、机の上に更に五つの革袋を投げ出して見せた。

そして、ゆっくりと口を開く。

「ジェイコブ・ローランドさん。私は貴方《あなた》の事も、この孤児院の現状についても理解しています。この孤児院は他に比べればだいぶマシなようだが、それでも子供達は粗末な古着を身にまとい、光神教団の高位聖職者には無縁《むえん》の飢えと闘《たたか》いながら日々を過ごしている。教団の幹部達は神に仕える者であるにもかかわらず、彼らの頭にあるのは、権力闘争《とうそう》だけだ」

それは、如何にも貴方の胸中を理解していますという、思いやりに満ちた口調。

だが、その内容は口調の穏やかさとは裏腹に、光神教団という巨大組織に対しての明確な批判であり否定だ。

勿論、それは教団内部の腐敗《ふはい》を苦々しく思っていたローランドにとっては当然の事であり、正論ではあった。

だが、もし聖都メネスティアで今の言葉を口にすれば、須藤は間違いなく神に弓引くものとして処刑《しょけい》される危険な発言でもある。

それほど危険な言葉を、初対面の下級司祭とは言え、れっきとした光神教団の信徒に向かって言い放ったのだ。

そして、須藤は困惑《こんわく》の色を浮かべた当時のローランドに対してこう囁《ささや》いて見せた。

「どうです？　そんな不条理とも言える現実を貴方の力で変えてみませんか。勿論、貴方に泥《どろ》水《みず》を飲み干すだけの覚悟があれば……ですがね」……と。

その言葉の意味を最初は理解出来なかった。

だが、最初に受けた衝撃が時間と共に和《やわ》らいでいく中で、ローランドは須藤の言葉の真意を理解した。

そして、その言葉に含まれている危険性にも。

しかし、それでもその誘いにジェイコブ・ローランドは乗った。

如何なる犠牲を払う事になろうとしても、今ある現実を変えたかったからだ。

より良い明日と言う日の為に、今日と言う日を捨てたのだ。

その結果、多くの物を失ってきた。

中には、光神教団の中には、ジェイコブ・ローランドこそが、教団の腐敗の元凶《げんきょう》だと考えている人間も居る。

多くの仲間を得た一方で、多くの敵を作り、双方《そうほう》の血で濡《ぬ》れた道を歩いてきたのだから。

（あの時の決断は今思い返してみても、間違ってはいなかった……）

二十年前、須藤が多額の金銭と引《ひ》き換《か》えにローランドに求めたのは光神教団の中で出世する事だけだ。

そして、その為に必要な資金を提供し、有益な情報を提供してくれた。

特にエルネスグーラ王国やオルトメア帝国関係では多大な功績を上げたと言えるだろう。

勿論、代償は支払っている。

幾度か須藤から依頼されて情報を渡《わた》したり、多少の便宜《べんぎ》を図《はか》ったりしたのは事実だ。

だが、それは別にローランドや光神教団にとって何か不利益になる様なものではない。

須藤から頼まれた情報提供は、教団内部の人事に関するような物が殆《ほとん》ど。

他にはどの派閥《はばつ》が力を持っているかや、敵対関係などの情報だろうか。

確かに、外部の人間ではなかなか手に入りにくい情報ではある一方で、取り立てて機密ともいえない情報ばかりだ。

兵糧《ひょうろう》や武具の購入先《こうにゅうさき》を須藤が推薦《すいせん》してきたマルチネス商会に変更《へんこう》した事は確かだし、見方に因《よ》れば立派な癒着《ゆちゃく》とも言えるが、それだって別段悪い事ではない。

須藤の推薦してきたマルチネス商会から購入《こうにゅう》した武具は、かなり高い品質を誇《ほこ》っているにもかかわらず、値段はそれまで取引していた商会と大差がないのだ。

同じ品質の武具を取《と》り扱う商会は他にもあるだろうが、値段の方は倍以上するだろう。

また、マルチネス商会は急な出兵に際して武具兵糧を揃えたい事などにも、優先的な便宜を図ってくれている。

商売なので、利を求めるのは商人として当然なのだが、それでも弱みに付け込んで値を釣《つ》り上《あ》げようとする様な事はないのだ。

利を貪《むさぼ》ろうとしない姿勢は、実に好ましいと言えるだろう。

正直に言って、不利益になるどころか、光神教団にとって実に有益な結果をもたらしたものの方が多いのだ。

完全に信じていた訳ではないが、二十年もの間、何事もなく過ぎたという結果の前に、出会った時に須藤に抱いていた疑惑《ぎわく》も大分薄《うす》れていたのは事実だろう。

(油断だろうな……)

とは言え、問題はこれからどうするのかと言う点だ。

(須藤秋武……あの男の提案に乗るか拒《こば》むか……)

須藤が口にした提案その物は、ローランド枢機卿《すうききょう》にとっても、光神教団にとっても悪い話ではない。

いや、どちらかと言えば渡りに船と言えるだろう。

(問題は、須藤の真意がいま一つ読めない事だ……)

ローランド枢機卿の任務は、ローゼリア王国の新興貴族となった御子柴亮真《みこしばりょうま》という男の調査とその背後関係の確認《かくにん》。

素直《すなお》に考えれば、須藤秋武と御子柴亮真は敵対関係だと考えるのが自然だろう。

先ほどの会談で須藤がローランド枢機卿へ提案した内容は、どう考えても御子柴亮真にとって何か得になるとは思えないものなのだから。

しかし、だからと言って須藤が光神教団にとって味方であるとは限らない。

(いや……それどころか、あの男こそが組織の……)

それは、ローランド枢機卿が今の地位に上り詰め、教団に匹敵する組織と呼ばれる謎《なぞ》の集団の存在を上層部からハッキリと知らされて以来、今日まで心に秘《ひ》めてきた疑惑だ。

だが、その疑惑が心の奥底《おくそこ》から湧《わ》き上がってくる度《たび》に、下される結論は常に同じ。

組織は光神教団と敵対している。

だが、須藤秋武の行動は、それとは真逆の結果になっている。

少なくとも、須藤の行動や言動に因って、光神教団が甚大《じんだい》な損害を被《こうむ》ったという事実はないのだ。

その結果の前には、須藤という人間が放つ多少の胡散臭《うさんくさ》さなど何の意味も持たないだろう。

(それに、もしあの男が組織の人間なのだとしたら、ガラチアの街で起きたウィンザー伯爵邸《はくしゃくてい》の襲撃はどういう事になる?)

あの夜の襲撃者の意図は未《いま》だに不明だ。

ウィンザー伯爵が態々《わざわざ》屋敷《やしき》に招いて迄《まで》見せようとしたあの箱の中身に関しても、ハッキリとした事は未だに分かってはいない。

(銃《じゅう》……ウィンザー伯爵はあの品をそう言って見せてくれたが、詳細《しょうさい》な使い方を口にする前にあの襲撃だ……なんでも相当に強力な武器と言う話ではあったのだが……)

どちらにせよ、その品は襲撃者の手に因って持ち去られている。

今更《いまさら》ローランド枢機卿が気にしたところで、何の意味もないだろう。

須藤の言動や行動に対しての疑惑の種は多い。

後は、須藤に因ってローランド枢機卿や光神教団は多くの利益を享受してきたという事実と比較《ひかく》し、どうするかを決めるしかないだろう。

そして、その答えは既に出ていた。

(あの男が知る筈のない事を知っていたのは見過ごせない……だが……)

教皇がローランドへ直接下した勅命《ちょくめい》の内容を知る人間など、極《きわ》めて限られている。

その極めて少数の人間の中に、須藤へ情報を齎《もたら》した人間がいると言うのは、到底許容出来る事ではなかったが、それは今すぐどうにか出来る類《たぐい》のものではない。

(それよりも、まずは御子柴亮真という男を見極《みきわ》める事が先決か……)

須藤秋武が組織の人間かどうかはさておき、またその狙いが奈辺《なへん》にあるかも不明だが、一つだけ分かっている事がある。

それは、これからこのローゼリア王国という国に、御子柴亮真と言う男が巻き起こすであろう嵐《あらし》が訪れるという点だ。

しかも並みの嵐ではない。

ローランド枢機卿の予想が正しければ、ローゼリア王国と言う国そのものの存亡にもかかわってくる規模の話になるだろう。

場合によっては、西方大陸全体のパワーバランスを崩《くず》しかねない様な爆弾《ばくだん》だ。

(出来れば、今からでも帰還《きかん》してしまいたいが……)

そういう訳にはいかないのが、辛《つら》いところだ。

「そうなると、やはり兵が足りないな……聖都に使者を出すか……」

小さくため息をつくと、ローランド枢機卿はソファーから腰《こし》を上げた。

そして、窓際《まどぎわ》に設けられた机の前に置かれた椅子《いす》に座ると、羽ペンと羊皮紙を棚《たな》から取り出した。

第一章　汚《けが》された矜持《きょうじ》

荒々《あらあら》しい息遣《いきづか》いの中に、時折闇夜《やみよ》の冷たい空気を切断する音が混じる。

その技《わざ》を見た瞬間、体に衝撃が走る。

それはある意味、芸術の域にまで達していた。

目にも留まらぬ六連突《づ》きが繰り出《だ》された後、間髪《かんはつ》容れずに放たれた横薙《な》ぎから繋げる一連のコンビネーションはメネア・ノールバーグの目から見ても、恐《おそ》るべき冴《さ》えを誇っていた。

（見事だわ……）

光神教団を守る聖堂騎士団《せいどうきしだん》に伝わる武術には、剣《けん》、槍《やり》、弓などを始めとして様々なものが伝えられている。

そして、その全てを習得しなければ聖堂騎士になる事は許されない。

日本で言うところの武芸十八般《じゅうはっぱん》に似ているだろうか。

中でも剣術《けんじゅつ》は聖堂騎士達《たち》の中で特に重要視されている。

この剣術を知る事が出来る人間は二種類だけ。聖堂騎士団に所属する人間か、彼等《かれら》と剣を交えた人間のみというのも、剣術が聖堂騎士達にとって如何《いか》に重要な存在であるかを如実《にょじつ》に表しているだろう。

(初手の刺突六連は流石《さすが》ね。アレを防げる手練れは聖堂騎士団の中でもいったい何人いるかしら……それにその後の風雷乱刃《ふうらいらんじん》……横薙ぎからの右切り落としへと変化し、そのまま勢いを殺さずに切り上げへの連携《れんけい》はまさに必殺と言っていいわ……)

誰が編み出したのか分からないこの剣術は、光神教団の聖堂騎士達の間に連綿と受け継がれてきた。

この剣術は九十九の型で構成されており、その一つ一つを歴代の聖堂騎士達は実戦の中で研鑽し磨き上げてきた。

それはまさに必殺の剣術と言って良いだろう。

だが、この剣術が本当に恐ろしいのはそれらを組み合わせ連携させた時だ。

型は互いが連携する事を前提に構成されており、その変化のバリエーションはまさに千変万化《せんぺんばんか》と言っていい。

使い手の発想と修練次第《しだい》で、幾らでも広がりを見せる。

その為《ため》、この剣術は聖堂騎士団に所属する人間にとって、武法術の修練と並んで重要視されていた。

聖堂騎士という存在を形作る上で、まさに根幹と言っても過言ではないだろう。

そんな武の根幹とも言うべき型を只管《ひたすら》繰り返《かえ》す男を、メネアはただジッと見つめていた。

此処は、ローランド枢機卿を始めとした光神教団の使節団が宿泊《しゅくはく》する【赤星亭《あかぼしてい》】の庭。

コの字形に建てられた本館に囲まれた場所で、四方を背の高い木々と、宿の壁《かべ》に因って区切られ、外から出入りする事はおろか、様子を窺《うかが》い知《し》る術もない周囲から隔絶《かくぜつ》されている閉鎖的《へいさてき》な空間だ。

とは言えのこの庭の目的は、宿泊客への癒《いや》しと安らぎの提供。

宿を利用する客は皆、本館の各所に設けられた出入り口を利用して、誰でもこの場所に足を運び、自由に時間を過ごす事が許されている。

木漏《こも》れ日《び》の中、庭に設けられた東屋《あずまや》での午餐《ごさん》などは特に宿泊客から人気だ。

四季折々の花を植え、整然と整備された芝《しば》はまさに理想の箱庭と言えるだろう。

だが、最近ではこの場所を訪れる人間は激減した。

いや、より正確に言えば、この場所はたった一人の男が占領《せんりょう》してしまったと言っても良いだろう。

その原因となった男の名はロドニー・マッケンナ。

光神教団の保有する武力集団である聖堂騎士団に属する騎士の一人だ。

ただ、ロドニーの名誉《めいよ》の為に補足するのであれば、別に彼はこの場所を意図的に占領した訳ではないという点だろうか。

ロドニーはあくまでも自分の鍛錬《たんれん》場所として、激しく動いても問題のない、それなりに広い場所を探していただけに過ぎない。

勿論《もちろん》、ロドニーに割り当てられた部屋はかなりの広さだ。

そう言う意味からすれば、室内でも鍛錬自体は行えるだろう。

実際、今回の旅では、室内で筋力増加を目的とした鍛錬や、剣術の型を練り上げるなどはしていたのだから。

しかし、この庭の広々とした空間と、家具が置かれている室内では、自《おの》ずと出来る事が異なってくる。

特に、武法術に因る身体強化を用いた鍛錬は、室内では到底《とうてい》行う事など出来ない。

それに、木々に囲まれたこの庭と室内では空気の質が違《ちが》う。

酸素と言う意味からすれば、別に大差はないように思えるかもしれないが、当事者にしてみれば全く異なってくるのだ。

その上、此処は【赤星亭】の敷地内《しきちない》。

余計な第三者に自分の鍛錬を覗《のぞ》き見《み》られる可能性もずっと低くなるし、何よりも余計なもめ事が起こる可能性を排除《はいじょ》する事が出来る。

何しろ、此処はローゼリア王国の王都ピレウス。

まかり間違って、王国の騎士に絡《から》まれでもすれば一大事にもなりかねない。

普段《ふだん》のロドニーであれば、自制心を働かせ穏便《おんびん》に済まそうとしたかもしれないが、今の彼《かれ》では問答無用で相手を切り殺しかねないのだ。

ただし、その結果としてこの庭は憩《いこ》いの場などと言う言葉から無縁な場所へと変貌《へんぼう》してしまったのは、ロドニーに鍛錬場所として使用する事を許可した【赤星亭】の主人にとって誤算だったと言える。

実際、既にローランド枢機卿は宿の主からの苦情を受けているのだ。

それだけ、宿屋側も対応に困っていると言ったところだろうか。

ただ、ローランド枢機卿の方も、ロドニーの心境を理解しているので、苦情を受けた事をロドニー本人には伝えていない。

その代わり、迷惑料《めいわくりょう》としてかなりの額を【赤星亭】の主人へ支払《しはら》う事で、何とか我慢《がまん》して貰っていると言うのが現状だった。

(まぁ、このありさまじゃ文句を言わない方がどうかしているわ……ね)

メネアは木の陰《かげ》に体を隠《かく》しながら、ロドニーの周辺へ視線を向けた。

その目に映るのは、無残な土の地肌《じはだ》。

丹精《たんせい》に手を入れられていた芝は、武法術で強化されたロドニーの強烈《きょうれつ》なまでの踏《ふ》み込みに因って、踏みにじられており、見る影《かげ》もない有様だ。

また、四季折々の花を育てていた花壇《かだん》も、強烈な剣の打ち込みに因って花弁を散らすか、薙ぎ払《はら》われてしまっている。

勿論、別にロドニーは意図して花を散らそうとしている訳ではないし、芝を掘《ほ》り返している訳でもない。

そこに悪意がないのは確かだ。

だが、悪意が無いからと言って、この状況《じょうきょう》を黙《だま》って見ている人間はいない。

初めてこの【赤星亭】を訪れた際に、宿の主人が「この王都一の庭園でございます」と、自《じ》慢《まん》げに胸を張って見せた花園を再建するには、多額の資金と共に、年単位の時間が必要となるのだから。

（でも、ロドニーがあんなになるのも理解は……）

メネアの知るロドニー・マッケンナという男は、基本的にお人好《ひとよ》しで世間の一般《いっぱん》常識など知らないお坊《ぼっ》ちゃんだ。

剣の腕《うで》は超一流《ちょういちりゅう》だし、人間的には好ましいのだが、人の悪意に対して無頓着《むとんちゃく》なところがある上に、求道者の様なひたむきさがある。

それに、かなりの負《ま》けず嫌《ぎら》いだ。

相手が強かろうが、自分が正しいと思えばとことん戦う強さもある。

そんな性格なので、ロドニーが仮にタルージャ王国を捨てる羽目に陥《おちい》らなかったとしても、マッケンナ伯爵家《はくしゃくけ》の領地を維持《いじ》するのはかなり難しかった筈《はず》だ。

貴族には強さや誇りも必要な反面、特には政治的な妥協《だきょう》も必要になるのだから。

だが、ロドニーの様な性格では、そんな柔軟《じゅうなん》な対応は望むべくもないだろう。

（そう言う意味からすれば、タルージャ王国を捨てる羽目になった事も、悪い事だけではなかったのかも……）

勿論、恨《うら》みがないとは言わない。

いや、今でも当時の状況を思《おも》い浮《う》かべれば、全身の血が怒りで沸《わ》き立《た》つ様な感覚すら抱《いだ》く程《ほど》だ。

しかし、貴族の適正と言う点を考慮《こうりょ》した上で考えればどうだろう。

武人として、あるいは武将としての適性は有るだろうが、メネアとしても断腸の想《おも》いではあるものの、ロドニーに貴族としての適性はないと認めざるを得ない。

領地を豊かにする手腕はないだろうし、何より魑魅魍魎《ちみもうりょう》が跋扈《ばっこ》する宮廷《きゅうてい》政治の場になじめるとは到底思えないからだ。

(勿論、貴族家の当主が全員、政治的な手腕に優《すぐ》れている必要はないけれど……それだってあの性格では……)

貴族家の当主に求められる資質の中で、政治的手腕や領地経営に求められる能力は必須《ひっす》ではない。

勿論、それらの能力が不要と言う訳ではないし、あればそれに越《こ》した事はないだろう。

己の領地を管理し豊かにしていく事は貴族の義務と言っても過言ではないのだから。

それでも、持っていなければ貴族として失格かと問われればそんな事はない。

(より正確に言えば、当主自身が兼《か》ね備《そな》えている必要はないというべきかしら)

恐らくだが、政治軍事の分野を問わず、当主自身が才覚にあふれた人物である家など、全体の半数にも満たないだろう。

貴族家の大半は、その歴史ある家名とそれを支えてきた家臣団のおかげで維持出来ていると言っていい。

貴族家の当主に必要な資質とは血統と家臣を統率《とうそつ》する能力。

当主自身が能力的に劣《おと》っていても、それは有能な部下を雇《やと》えば済む話なのだから。

とは言え、それはあくまでも理想。

上手《うま》く部下を御《ぎょ》せられればそれでいいが、大抵の場合は上手くいかない。

理由は色々とある。

当主側が原因な場合は、優秀《ゆうしゅう》な部下の功績を認める事が出来なかったり、嫉妬《しっと》したりすることが考えられるだろう。

確かに、有能だからこそ家臣として迎《むか》えたのに、自らよりも優れた実績を上げる人間を妬《ねた》むのは論理的に破綻《はたん》している。

人事権があるのだから、妬むぐらいならば最初から家臣として召《め》し抱《かか》えなければよいと言うのが、普通《ふつう》の人間が抱く感想だろう。

或いは自らの至らなさを素直に認めて、自己の研鑽に努めるでも良い。

少なくとも、その方がずっと建設的と言える。

だが、人間の業とは時に理不尽で非合理的な選択を下すものなのだ。

また、逆に当主自身は自らが傀儡《かいらい》である事を認められても、今度は下の人間が何時《いつ》までも我慢してくれるとは限らない。

俗《ぞく》に言うところの下克上《げこくじょう》という奴《やつ》だ。

勿論、そうなるかならないかは実際にやってみなければ出ない話だ。

だから、人は他人の過去の実績から未来を予想するしかない。

俗に言うところの見込みがあるかどうかと言う話だ。

そして、ロドニー・マッケンナと言う男であれば問題は無いと言いきる事が出来ないのが、今のメネアの辛いところだろう。

(私が知っている以前のロドニーならば、仮に傀儡の当主でもやって行けたかもしれないけれど……ね……)

しかし、今のロドニーはメネアが知る男ではない。

ガラチアの街でのウィンザー伯爵邸襲撃《はくしゃくていしゅうげき》事件以来、ロドニーの中で何かが変わった。

いや、変わったというよりは、今まで見えなかった部分が顔を出したという方が正しいのかもしれない。

日常生活では以前とあまり変わらないのだが、時折見せる影の部分は凄《すご》みを増した。

(先日の盗賊《とうぞく》も……)

つい一週間ほど前の一件が脳裏《のうり》に浮かび、メネアは形の良い眉《まゆ》を顰《ひそ》める。

それは、王都ピレウスに向かう街道《かいどう》での事だ。

前方の森から剣戟《けんげき》の音を聞いたという斥候《せっこう》の報告を受け、ロドニーとメネアはローランド枢機卿の警護を同僚《どうりょう》に任せると、状況を確かめる為にも道案内役の斥候と十人程の部下と共に森へと先行した。

そこで見たのは、数十人近い野盗に囲まれている商人達《たち》の一団だった。

とは言え、それは既《すで》に狩《か》りを終え、獲物《えもの》の息の根を止めようという最後の仕上げの場面だ。

商人達の護衛は既にほとんどが大地に倒《たお》れており、戦闘継続《せんとうけいぞく》は不可能な状態。

まだ息のある護衛も居るには居るのだが、そんな彼等に待っているのは盗賊達の繰《く》り出す無《む》慈悲《じひ》な一撃《いちげき》だ。

まぁ、盗賊達にしてみれば、身代金《みのしろきん》などを要求できるかもしれない商人達に比べて、護衛の傭兵《ようへい》や冒険者《ぼうけんしゃ》などは単なる邪魔《じゃま》者《もの》でしかない。

それに下手に生き延びられれば、ギルドや街の警邏《けいら》隊《たい》に通報される。

そうなれば、残る道は賞金首のお尋《たず》ね者《もの》。

何時かは手練《てだ》れの冒険者か傭兵が乗り出してきて、一巻の終わりになる。

つまり、一人でも生き残りが居るというだけで、盗賊達は自分の首を絞《し》めかねないのだ。

抵抗《ていこう》出来ない弱者に止《とど》めを刺《さ》す行為は決して褒《ほ》められたものではないだろうが、盗賊達の行為は極めて当然の判断と言えるだろう。

そんな中でも、数人の商人が未だに抗戦《こうせん》の構えを崩してはいなかった。

だが、護衛役が既に全滅《ぜんめつ》している以上、数十人規模の盗賊に囲まれている状況から逃《に》げる術はない。

勝敗は既に決していた。

実際、五人程生き残っていた商人達の顔に浮かんでいたのは絶望だ。

何しろ、ここは王都から数日の距離。

当然、治安はかなり良いはずだ。

それにもかかわらず、真っ昼間から街道で襲撃《しゅうげき》を受けると言うのは、このローゼリア王国の治安が末期状態である証拠《しょうこ》だろう。

とは言え、ここ数年のローゼリア王国の混乱を考えればさほど珍《めずら》しい事でもない。

(問題は……)

今回、ロドニーがとった行動だ。

今までのロドニーであれば、メネア達と連携の上で、なるべく被害《ひがい》の出ない手段を慎重《しんちょう》に選んだだろう。

少なくとも、いきなり剣を抜《ぬ》いて盗賊達に切りかかるなどと言う戦法は選ばなかった筈だ。

いや、仮に選んだとしても、もっと商人達の安全に配慮《はいりょ》を見せただろう。

しかし、あの時は違った。

あの時の光景が目に浮かぶたびに、メネアはロドニーに対して恐怖《きょうふ》を感じてしまう。

(結果だけ見ればあれが最良の方法だったのかもしれないけれど……)

ロドニーが単騎《たんき》で盗賊達の中に切り込んだ事自体は何も問題はなかった。

何しろ、ロドニーは光神教団の抱える最高戦力である聖堂騎士団《きしだん》の一員。

剣の腕だけではなく、武法術にも精通した強者《つわもの》だ。

それこそ、たかが盗賊の十や二十でどうにかなるような存在ではない。

ロドニーは無言のまま一人目の首を斬《き》り飛ばした。

そして、その勢いを利用して、背後にいた二人目を袈裟懸《けさが》けに斬り伏《ふ》せる。

三人目と四人目の心臓を目にも留まらぬ刺突で突き刺した手並みは流石の一言だろう。

そこで話が終われば良かったのだ。

ガラチアの街で、謎の襲撃者に因って斬り飛ばされた腕の回復が順調だと、メネアも喜ぶだけで済んだのだから。

だが、現実はそれでは終わらなかった。

突然の乱入者に誰もが動きを凍《こお》り付《つ》かせる中、盗賊の一人がロドニーに驚《おどろ》き呆然《ぼうぜん》としている商人の一人を人質《ひとじち》にしたのだ。

そして、メネアの悪夢が始まった。

(それを見てもロドニーは何もしなかった)

いや、何もしなかったと言うのは語弊《ごへい》があるかもしれない。

実際には、何の躊躇《ちゅうちょ》も見せる事なく盗賊を殺して見せたのだから。

(そう、ロドニーは盗賊を殺した。盾《たて》にしていた商人の男と共に……)

それはメネアにとって脳に焼き付いてしまった光景。

少なくとも、メネアの知るロドニー・マッケンナであればそんな事は絶対にしなかっただろう。

とは言え、ロドニーは別に商人の男を殺した訳ではない。

盾にされていた商人の体ごと、後方の盗賊を剣で刺し貫《つらぬ》いただけの事。

しかも、盾にされていた商人の体の致命傷《ちめいしょう》になる箇所《かしょ》を避《さ》けてだ。

それでいて、後ろにいた盗賊を即死《そくし》させたのだ。

その手腕《しゅわん》はまさに神業《かみわざ》と言って良い。

何しろこれを実現させるのは、人体の構造を完璧《かんぺき》に把握《はあく》した上で、毛ほどのズレもなく剣を突き刺す必要があるのだから。

その光景を見た残りの盗賊達が、ロドニーの剣の腕に恐れをなして逃散《ちょうさん》する事を選んだのも当然と言える。

また、ロドニーに刺された商人の方も、それほど重い怪我《けが》ではなく、ローランド枢機卿から譲《ゆず》り受《う》けた秘薬で直《す》ぐに回復していた。

結果だけ見れば、犠牲者《ぎせいしゃ》も出さずに大規模な盗賊団の襲撃を少人数で撃退《げきたい》したのだ。

褒められこそすれ、誰からも非難される謂《いわ》れはない。

(でも……)

他にもっと良い選択肢《せんたくし》があったのではないかと言う疑問が、あの日からずっとメネアの心にへばり付いて消えないのだ。

(例えば、直《もど》ぐに戻ってローランド枢機卿から許可を貰《もら》い、護衛の騎士を借り受ける事も出来た筈……そうすれば、盗賊団を完全に壊滅《かいめつ》させる事も出来たかもしれない……)

勿論、それを選んだ場合、商人達の犠牲《ぎせい》が更《さら》に大きくなった可能性はあるだろう。

少なくとも、今回助かった五人の商人達の内、何人かは死体になっていた筈だ。

そう言う意味からすれば、ロドニーの行動は最善だったと言っていい。

しかし、今回取り逃がした盗賊達が他の旅人や村々を襲撃しない保証はない。

そう考えた時、冷たい様だが高々五人の命を優先してまで、新たな犠牲者を増やす可能性を許容するべきかどうかに関しては難しいとこだ。

(勿論、彼等が助かったのは私も嬉《うれ》しいけれど……)

絶体絶命の窮地《きゅうち》を救われた商人達は、救助に来てくれたロドニー達へ最大級の感謝をした。

ロドニーに腹を刺された商人もそれは同じだ。

彼にしてみれば、人質にされた段階で死は確定だったのだ。

仮に殺されなかったとしても、死んだほうがマシな未来しか存在しなかっただろう。

それをロドニーがどんな形であれ救ってくれた。

それが分かっているからこそ、彼はロドニーを責めなかったのだ。

また、無事だった商人達が、積み荷の中で最大級の大きさを誇る宝石を光神教団へ寄進すると申し出たのも、その気持ちの表れだろう。

その事自体が悪い事だとはメネアも思ってはいないが、割り切れない物を感じている。

(いいえ、私が割り切れないのは、ロドニーがやった行為そのものじゃない。彼がそれを選んだという事実……)

他に選択肢がなかったとは思う。

結果も、想像以上に悪くはなかった。

そう言う意味からすれば、メネアの抱いているこのもやもやとした気持ちには、合理性も正当性もないだろう。

もし正当性を主張するのであれば、最低限代替《だいが》えの解決手段を提示する事が必須だ。

しかし、メネアには今回の結末以上に理想的な結果を生む可能性を秘めた選択肢を出す事は出来ない。

そうである以上、やはりメネアの気持ちは我儘《わがまま》なのだ。

(私……まるで聞き分けのない子供みたい……ね)

メネアは自らの心が抱《いだ》いた気持ちが理不尽《りふじん》な事を理解していた。

それでも、不満を持ってしまうのはロドニー・マッケンナという人間が変わってしまったというただ一点に尽《つ》きるだろう。

ただし、そのメネアの気持ちが間違《まちが》っているのかと言われると、そうではないのだ。

その懸念《けねん》が正しい事は目の前に広がる庭の惨状《さんじょう》を見れば明らかだろう。

(ロドニーはあの夜の出来事に囚《とら》われてしまっている……)

ウィンザー伯爵邸の襲撃者に因って片腕《かたうで》を斬り落とされたロドニーは、変わってしまった。

ロドニー本人は周囲の人間にそれを悟《さと》られまいとはしているようだが、長い付き合いであるメネアから見れば、その変化は明白だ。

確かに腕自体はローランド枢機卿から与《あた》えられた秘薬に因って元通りになったのだが、心の方はそう言う訳にはいかなかったのだろう。

まず、飲酒の量が決定的に増えた。

元々ロドニーは酒好きだし、かなり強い。

酒瓶《さかびん》を一晩で二本や三本は平気で飲むし、翌日二日酔《ふつかよ》いになるという事もなかった。

だが、今は文字通り桁《けた》が違う。

狂気《きょうき》とも言うべき修練が終わると、文字通り浴びる様に飲みまくっている。

一晩で十本近い数を飲んでいるのだ。

それもメネアが知る限り、ほぼ毎日。

また、飲酒量に反比例するかのように、食事の量が減っている。

食事を完全に抜く様な事はないが、宿の人間に頼《たの》んで皿に盛る量を減らしているのだ。

そして、その減った分を補うのが酒や肴《さかな》という事になる。

強いストレスを感じると、酒に逃げたくなるというアレだろうか。

また、性格が陰を帯びたように感じる点もメネアは気になっているところだ。

今までロドニーは、どちらかと言えば集団の中でも主導権を握《にぎ》るタイプ。

酒宴《しゅえん》などが開かれれば、率先《そっせん》して参加するし場を盛り上げる様な人間だ。

だが、今のロドニーは違う。

勿論、酒宴に誘《さそ》えばロドニーは来るだろう。

しかし、楽しんでいるとはとても言えない。

周囲の会話に交ざるでもなく、ただ一人で杯《さかずき》を空けるだけ。

聖堂騎士団の団員としての義務から参加はするが、そんな無駄《むだ》な時間があるのなら、一秒でも長く剣を振《ふ》るいたいと言わんばかりの有様だ。

（周囲に対して壁を造っている……）

その原因はただ一つ。

あの夜、ロドニーの腕を一刀の下《もと》に斬り飛ばして見せた影の存在しかない。

メネアが木の幹に体を預けながらそんな事を考えていると、突然《とつぜん》男の声が掛《か》かる。

「何時までそこに隠れて居るつもりだ。用があるなら言え」

木の幹からメネアが顔をソッと覗かせると、直ぐ近くに汗《あせ》まみれのロドニーが不機嫌《ふきげん》そうな顔で立っていた。

まるで、土砂降《どしゃぶ》りの雨に打たれたかの様な姿。

麻《あさ》のシャツは汗でべったりとロドニーの体に張り付き、白い蒸気が立ち上っていた。

荒《あら》い息が、夜の闇《やみ》に響き渡る。

そんなロドニーに対して、メネアは躊躇《ためら》いがちに謝罪する。

「ごめんなさい。鍛錬の邪魔《じゃま》をするつもりはなかったのだけれど……」

「そうか……」

メネアの言葉に、ロドニーはそっけなく頷《うなず》くと踵《きびす》を返す。

どうやらまだ鍛錬を続けるつもりらしい。

だが、ほんの一瞬《いっしゅん》だけロドニーの足がふらついた瞬間《しゅんかん》をメネアは見逃《みのが》さなかった。

（いったい何時間続ければ気が済むの？）

武人として、武の追求に終わりがない事はメネアも理解はしている。

強さとは費やした時間と才能の合計によって導き出されるものだ。

そうである以上、鍛錬に費やす時間は多ければ多い方が良《よ》いのは自明の理だろう。

しかし、何事にも限度はある。

ただ闇雲《やみくも》に剣を振り続ければ良いというものではないのだ。

しかし、今のロドニーはまさに限界を超《こ》えた無謀《むぼう》とも言える鍛錬を己《おの》が身に課していた。

いや、それは既に鍛錬と言うよりは自殺行為《こうい》に等しいと言えるだろう。

それは、ロドニー本人も十分に分かっている筈だ。

だが、それでもロドニーは剣を振り続けるつもりらしい。

そんなロドニーの背中にメネアは躊躇いがちに言葉を掛けた。

「ウィンザー伯爵が殺されたのは、貴方の所為《せい》ではないわ……」

その瞬間、ロドニーの足が止まった。

それは、まさにロドニーにとって触《ふ》れてほしくない話題だった。

そして、その事はメネアも理解している。

だが、一度口から出てしまった以上、なかった事には出来ない。

だからメネアは、自らの気持ちを正直に口にする。

「ロドニー、もう一度言うわ……あの夜、貴方は自分の義務を果たした……それは、ローランド枢機卿も認めている事よ。これ以上自分を責めるのは止《や》めなさい」

その瞬間、ロドニーの全身から濃密《のうみつ》なまでの怒気《どき》が発せられた。

「お前に俺《おれ》の何が分かる……」

それは、低く陰に籠《こも》った声。

怒《いか》りと、憎《にく》しみと、悔恨《かいこん》がめちゃくちゃに入り混じった声だ。

だが、そんなロドニーに対してメネアは引かなかった。

抑《おさ》えていた激情がメネアの口から迸《ほとばし》った。

「殺されなかった事がそんなに悔《くや》しいの？　自分もあの夜、ウィンザー伯爵邸で死ぬべきだったと本気で思っているの？」

その問いに対してロドニーは無言を貫いた。

だが、その沈黙《ちんもく》こそがロドニーの心を雄弁《ゆうべん》に語っている。

「そう……あの男に情けを掛けられたと……そう思っているのね……」

その言葉を聞き、ロドニーの右手に握る剣がカチャカチャと音を立てる。

怒りで全身が震《ふる》えているのだ。

実際、メネアのその言葉はロドニーの心境を正確に射貫《いぬ》いていた。

敵に情けを掛けられる事は、武に生きる人間にとって最大の恥辱《ちじょく》だ。

単に負けたと言うのであれば、ロドニーはここまで怒りを感じはしない。

全力を尽くして敵と戦った結果として敗北したのであれば、仮に死んだとしてもロドニーは本望《ほんもう》だっただろう。

だが、死ぬ筈の命を敵のお情けで生き永らえたとなれば話は変わる。
名誉も誇りも、一瞬で泥《どろ》に塗《まみ》れてしまう。
今まで人生を費やして積み重ねてきた全《すべ》てが、砂上の楼閣《ろうかく》の様に崩れ去《さ》るのだ。
それは、武人にとって死ぬ事よりも辛い生。
そして、それは永遠にロドニーの心を苛《さいな》み続ける。
まさに生《い》き地獄《じごく》だろう。
そして、その生き地獄から逃《のが》れる方法はたった一つしかない。
ロドニーは再び歩き出す。
そして、メネアに顔を背《そむ》けたまま、小さく呟《つぶや》いた。
「俺は、絶対にアイツを殺す……そうだ、どんな犠牲を払っても絶対に……」
それは地の底から響《ひび》くような、怨念《おんねん》とも言うべき何かの籠った言葉だった。
宿に向かって歩いていくロドニーの背中を見つめながら、メネアは深いため息を吐《つ》く。
その顔に浮かぶのは、後悔《こうかい》と若干《じゃっかん》の安堵《あんど》だろう。
(今夜は大人しく宿に帰ってくれたみたいね……)
鬼気《きき》迫《せま》るとはまさに、今のロドニーを表す言葉と言える。
あのまま放っておいたら、ロドニーは一晩中でも剣を振り続けていたに違いない。
それを止められた事だけでも僥倖《ぎょうこう》だろう。
とは言え、それは問題の先送りでしかない事もメネアは理解していた。

（問題は、ウィンザー伯爵邸を襲《おそ》った襲撃者の正体……飛鳥《あすか》にはまだ話をしてはいないけれど……恐らくは……）

あの夜、床《ゆか》に蹲《うずくま》るロドニーに応急処置を施《ほどこ》したのはメネアだ。

その時の光景は未だに脳裏に焼き付いて離《はな》れない。

ロドニーの腕の切断面は驚く程に綺麗《きれい》だった。

勿論、襲撃者の腕前《うでまえ》は尋常《じんじょう》ではないだろう。

だが、ロドニーの腕を切り飛ばした刃物《はもの》の鋭《するど》さもまた尋常ではなかった。

それこそ、メネアが今まで見てきた中でも断トツと言って良い切れ味だ。

これほど鋭利《えいり》な切れ味を持つ剣は西方大陸全土を見回してもそうはない。

だが、メネアは過去に一度だけ、同じような切れ味の傷を目にした事がある。

それは、裏大地世界《リアース》から召喚《しょうかん》された一人の少女を保護した際に目にした、三つ目虎《サードアイ》の死体に付いた傷だ。

その事が何を意味するかは今更説明の必要はないだろう。

（飛鳥があの時宿に居たのは間違いない……そうなると考えられる可能性は……）

勿論、第三者が似た様な切れ味を誇る剣を手にして襲ってきた可能性がない訳ではないだろう。

だが、それは同時に限りなくゼロに近い可能性でしかない。

それよりは、襲撃者が飛鳥の身内である御子柴浩一郎《みこしばこういちろう》であると考える方が自然だ。

（でも……そうなると、疑問が残るわ）

少なくとも、メネア達は桐生《きりゅう》飛鳥に対して害意をもって接した事はない。

ベルゼビア王国の手に因ってこの大地世界《アース》に召喚され、右も左も分からぬ状況で途方《とほう》に暮れていた飛鳥を保護したメネア達に感謝されこそすれ、恨まれる覚えはないのだ。

（だからこそロドニーを殺さなかったのかもしれないけれど……）

ただ、普通に考えれば、腕を斬り落とすと言うのはかなり荒っぽいやり口だ。

少なくとも、それを感謝と受け取る人間はまずいないだろう。

（それに、私を襲った人間が何者なのかも分からないわ……組織の人間だと考えるのが自然なのだけれど……）

ロドニーが襲われた際、メネアも別の人物の手に因《よ》って手傷を負わされている。

幸いな事に何とか襲撃を切り抜けロドニーの下に駆《か》けつける事が出来たが、あのまま戦っていたら、メネアも相当な重傷を負った可能性がある。

ロドニーと並《なら》び称《しょう》される聖堂騎士団の精鋭《せいえい》であるメネアがだ。

いや、重傷でも生きていればまだ運がよい。

（私も相手に手傷を負わせた。けれど、あの時、屋敷を警備する兵士達が駆けつけてこなければ、私は恐らく……）

それは一人の武人としての嘘偽《うそいつわ》りのない感想だ。

勿論、その事実を認めるのはメネアにとって口惜《くちお》しい。

だが、事実は事実でしかない。

そして、それほどの手練れが無所属とは考えにくいのだ。

何処《どこ》かの国か組織に属していると考えるのが自然だろう。

そう考えた時、最も可能性があるのは、この西方大陸の闇に暗躍《あんやく》しているとされる「組織」と呼ばれる秘密結社だ。

ただ、その予想がもし正しいとすれば、組織の力は光神教団に比肩《ひけん》する事になる。

（いえ……下手をしたら……）

それはタルージャ王国を追われ、組織に恨みを抱くメネアやロドニーにとって最悪とも言える仮定だろう。

（それに、もし襲撃者が御子柴浩一郎であり、組織に属していると言う私の予想が正しいとしたなら、飛鳥を連れ出そうとしない理由は何なの？）

あれほどの武人を組織が抱えているのであれば、飛鳥を連れ出す方法など幾《いく》らでもある筈だ。

だが、今まで一度として御子柴浩一郎と思われる人物が、桐生飛鳥に接触《せっしょく》を試みたという形跡《けいせき》はない。

（結局、全ては謎《なぞ》のまま……か。それよりも今は……）

仮定に仮定を積み重ねたところで結論など出る訳もない以上、やらなければならないことは他にある。

（御子柴亮真《りょうま》……御子柴浩一郎と同じ苗字《みょうじ》を持つ男……）

それは偶然《ぐうぜん》と言うにはあまりにも出来過ぎた取り合わせ。
だが、その疑問に答えてくれる人間は誰も居ない。
メネアは無言のまま北東の空へと顔を向けた。
その疑問の答えを探し求めるかのように。

第二章　囚われの戦人《いくさびと》

星一つ見えない曇天《どんてん》。

それはまるで、このローゼリア王国の行く末を暗示しているかの様だ。

冷たい北風が唸《うな》り声《ごえ》を上げながら平原を駆け抜けていく。

闇夜の中にそびえ立つ城塞《じょうさい》都市イピロスの城壁《じょうへき》を、ぶ厚い雲の隙間《すきま》から微《かす》かに顔を出した月が照らし出す。

「嫌《いや》な夜だな……」

ロベルト・ベルトランはそう言って鉄格子《てつごうし》の間から一瞬だけ見えた、血に染まった様な月を一睨《にら》みすると、絹のカーテンを手荒《てあら》に閉めた。

昔から赤い月は凶兆《きょうちょう》の証《あかし》として伝わっている。

確かに、普段は青白い月が赤く染まっているとなれば、不安を感じるのは致《いた》し方《かた》ないところではある。

ましてや、ロベルトは生粋《きっすい》の戦人。

命を惜《お》しむ訳ではないが、験《げん》を担《かつ》ぎたくなるのは当然だろう。

その上、今のロベルトはこの部屋に閉じ込められた状態。言うなれば籠《かご》の鳥だ。

「しかし……一体外はどうなっているんだ？　戦《いくさ》自体は御子柴男爵《みこしばだんしゃく》側の勝利で終わったらしいが……」

テーブルの上に置かれたブランデーの瓶《びん》に直接口を付けて呷《あお》ると、ロベルトはソファーに深く腰《こし》を沈《しず》ませる。

体中を駆け巡《めぐ》る強い酒精の燃える様な感触《かんしょく》。

口の中に広がる芳醇《ほうじゅん》な香《かお》り。

ザルツベルグ伯爵《はくしゃく》に色々と目を掛けて貰えたおかげで、普通の貴族よりは舌が肥えているロベルトですら疑う余地がないほど高級な酒だ。

何しろ、ロベルトが口にしたブランデーは、どんなに安くても金貨一枚以上は確実にするのだから。

続いて、テーブルの上に置かれたつまみのチーズを一欠片《ひとかけら》口に放《ほう》り込む。

こちらも、丁寧《ていねい》飼育されたヤギの乳を用いて熟成させた一品。

濃厚《のうこう》なコクが口いっぱいに広がっていく。

そこに再びロベルトはブランデーを流し込む。

「こんな状況だっていうのに、何度飲んでも堪《たま》らない味だな……囚われの身って奴もそう悪くはないか……」

ロベルトの実家であるベルトラン男爵家は確かに貴族階級の家だ。

古くから王国北部に領地を持ち、北の要とも言えるザルツベルグ伯爵家を支えてきた武人の家系であり、歴史と実績のある名門と言えるだろう。

だが、決して裕福《ゆうふく》という訳ではない。

有望な鉱脈や貿易港でもあれば話は違っただろうが、残念ながらベルトラン男爵家の主要産業と言えば農業や畜産《ちくさん》が殆《ほとん》ど。

ザルーダ王国との国境近くなので林業も多少は行われているものの、領内の需要《じゅよう》を満たす程度でしかない。

領民達は日々の暮らしで精いっぱいな状況。

当然、領主もそれ相応の経済力しか持てない。

まぁ、弱小男爵家とはいえれっきとした貴族だ。

流石《さすが》に平民の様に日々の食べ物に事欠くという様な事はないが、嗜好品《しこうひん》に金を使う余裕《よゆう》は殆ど無いと言っていいだろう。

無論、領民達の困窮《こんきゅう》などを考えずに過酷《かこく》な徴税《ちょうぜい》を行えば、ベルトラン男爵家の経済状況でも贅沢三昧《ぜいたくざんまい》な生活は可能だ。

だが、そんな無理は何時までも続く訳はない。

精々、数年が良いところだろう。

税の掛け方次第《かたしだい》では、それよりも遥《はる》かに短い時間でベルトラン男爵領は崩壊《ほうかい》する。

そして、それが理解出来ないような愚物《ぐぶつ》では家を保てはしないのだ。

それでも、そんな当たり前な事を理解出来ない輩《やから》も居る。

そう言う馬鹿《ばか》が生まれた場合、それが仮に嫡男《ちゃくなん》であっても家督《かとく》を受け継《つ》ぐ前に不幸な事故や病に掛かるのが通例だ。

必然的に、ベルトラン男爵家は質素倹約《けんやく》を重視する家風になる訳だ。

しかし、その一方である程度は貴族としての体面を保たない訳にはいかない。

馬鹿馬鹿《ばかばか》しい見栄《みえ》と言えばそれまでだが、秩序《ちつじょ》を維持するという意味合いもある以上、あまり無視する事は出来ないのだ。

当主や嫡男がみすぼらしい格好をしていれば、近隣《きんりん》の貴族達から侮《あなど》られるし、家臣や領民からの心服を得られない。

必要以上に華美《かび》な衣服は買えないにしても、年に何着かは服を新調しなければならないし、晩餐会《ばんさんかい》などに招待される事を考えると、ある程度の美食は必須と言っていいだろう。

しかし、ロベルトはベルトラン男爵家の世継《よつ》ぎではない。

気楽と言えば気楽な立場ではある。

だが、衣食住において常に割を食ってきたのも確かだ。

ロベルトはあくまでも嫡男の予備でしかない。

そして、予備と言うのは出番が巡ってくるまでは、ぞんざいに扱《あつか》われやすい物だ。

嫡男と同じ待遇《たいぐう》は望むべくもない。

それが、裕福ではない家であれば猶更《なおさら》だ。

それに、嫡男が家督を受け継ぎ、子供が出来れば、予備は予備としての役割を失う。

そうなれば、予備は利用価値を失った、ただのお荷物だ。

いや、家督相続を巡る火種になる危険性を考えれば、お荷物と言うよりは危険な爆弾《ばくだん》と言ってもいいかもしれない。

だが、だからと言って予備が無いと言うのは心もとないのも事実だ。

それは実に理不尽で身勝手な理屈《りくつ》だろう。

しかし、それが貴族の家を継ぐという事なのだ。

そして、家督を継げなかった予備の多くは悲惨《ひさん》な末路を遂《と》げる。

勿論《もちろん》、分家を許されたり、婿養子《むこようし》に入ったりする人間も居ない訳ではない。

だが、そんな幸運は限られている。

大半は、家督を継いだ兄の部下としてその一生を捧《ささ》げる事になるだろう。

場合によっては、兄の子供に忠誠を誓《ちか》わなければならなくなる。

都合のいい時には身内として甘《あま》えるくせに、都合が悪くなると臣下として扱われる事になる訳だ。

それは、文字通りの飼い殺し。

だが、ロベルトには卓越《たくえつ》した武勇があった。

そして、それを認めて重宝してくれるザルツベルグ伯爵と縁《えにし》を持つ事が出来た。

また、ザルツベルグ伯爵もそんなロベルトを事ある毎《ごと》に気に掛けてくれた。

勿論、ザルツベルグ伯爵には伯爵なりの思惑《おもわく》があったのは事実だろう。

だが、その結果ロベルトはその身分に反してかなり舌の肥えた男になったのだ。

そして、そんなロベルトの目から見ても、今の状況はあまりにも居心地《いごこち》が良過ぎた。

（酒も飯も食い放題の飲み放題……頼めば城の書庫から大抵《たいてい》の本は差し入れてくれる。外の様子が分からない事さえ除けばまさに楽園だな……ただ、問題は敗軍の将に何でこんな待遇をするのかって事だが……）

ロベルトがこの部屋に留め置かれて既に一ケ月《かげつ》以上が経《た》とうとしていた。

ここはイピロスの城の一角に設けられた貴人を監禁《かんきん》しておく為《ため》の部屋。

部屋の広さは大体高級ホテルのスウィートルーム程度だろうか。

簡素ではあるが専用の風呂《ふろ》も付いているし、トイレも完備している。

ベッドは柔《やわ》らかく、寝具《しんぐ》も毎日定期的に交換《こうかん》され清潔であり、食事も城の料理人が手間暇《てまひま》をかけて作った物だ。

衣服や下着の類に関しても毎日洗濯をされた物がキチンと準備されている。

まさに衣食住の全てが満たされていると言っていい。

いや、ベルトラン男爵家での暮らしと比較しても、生活水準は今の方が上だ。

唯一《ゆいいつ》の難点は、世話係が若いメイドではなく、完全武装したむさくるしい騎士達《きしたち》だという事くらいか。

恐《おそ》らくロベルトが逃亡《とうぼう》を企《くわだ》てようとする可能性を考慮しての事だろう。

それでも、かなりの好待遇《こうたいぐう》と言っていい。

（まぁ、理由は幾つか考えられるが……）

再びブランデーの瓶を呷ると、ロベルトは静かに目を閉じる。

ロベルトは自分の置かれた状況《じょうきょう》を理解していた。

捕虜《ほりょ》を生かしておく可能性は幾つか考えられる。

その中でも特に可能性が高いのは、何かの交渉《こうしょう》を行う上でのカードとして使うか、身代金を要求するかのどちらかだろう。

だが、ロベルトはベルトラン男爵家にとって腫物《はれもの》の様な存在。

無二の親友であるシグニス・ガルベイラほどではないが、ロベルトも家族から疎《うと》まれている事に違《ちが》いはないのだ。

特に嫡男や彼《かれ》を産んだ正室からは蛇蝎《だかつ》の様に嫌《きら》われている。

表面上は取《と》り繕《つくろ》っているが、その奥《おく》に秘《ひ》められた敵意をロベルトはその獣《けもの》の様な勘《かん》で感じ取っていた。

（同じ血を分けた子供の筈なのだが……な）

ロベルトが知る限り、母親は同じ筈だ。

しかし、ロベルトと兄とは顔つきも体格もまるで違う。

そして、母親のあの態度。

そこにある貴族家の抱く闇はＤＮＡ検査でもしなければ判別出来ないだろうし、それはこの大地世界《アース》では望むべくもない事だろう。

ただどちらにせよ、兄や母親にしてみれば、ロベルトは自分や可愛《かわい》い息子《むすこ》の地位を脅《おびや》かす脅《きょう》威《い》でしかないのだ。

もし仮に、御子柴亮真《りょうま》がベルトラン男爵家へ何か要求する為にロベルトを人質に取ったとしても、ベルトラン男爵家がそれを受け入れる可能性はまずないと見ていい。

(身代金なんてビタ一文払《はら》わないだろうな)

彼らは自分の手を汚《よご》さずにロベルトを始末できると小躍《こおど》りして喜ぶだろう。

そんな自分の家族の浅ましい姿が脳裏に浮《う》かび、ロベルトは無言のまま嘲笑《ちょうしょう》を浮かべた。

(まぁ、あの男が我《わ》が家《や》のそういった事情を知らない可能性も有るには有るが……)

だが、あれほど緻密《ちみつ》な策謀《さくぼう》を巡らす男がそんな手抜《てぬ》かりをする可能性は低いだろう。

何しろ、自分よりもはるかに理性的で義理《ぎり》堅《がた》いシグニス・ガルベイラをいとも容易《たやす》く調略して見せたのだから。

(そうなると後は……)

そこまでロベルトの考えが及《およ》んだ時、部屋の扉《とびら》が軽くノックされた。

「どうぞ。入ってくれて構わない」

ゆっくりと部屋の扉が開く。

そこに立つ男の顔をみてロベルトはゆっくりとソファーから立ち上がった。

ロベルトは己の目に映る友の憔悴《しょうすい》しきった姿に、思わず苦笑いを浮かべる。

シグニスはロベルトを裏切った。

それは間違いのない事実だ。

しかし、親友に裏切られたロベルトよりも、親友を裏切ったシグニスの方がつらそうな表情を浮かべているのはどんな皮肉なのだろう。

(あの時は腹を括《くく》って決断したのだろうが、時間が経つと共に俺への罪悪感が強まって来たって事か……こいつも武人である前に人間って事だな)

そんな親友の姿にロベルトは怒りよりも強い憐《あわ》れみを感じる。

シグニスの置かれていた境遇《きょうぐう》を思えば、その決断を責める事は出来なかったのだ。

「よう、シグニス……どうした？　何時にもまして随分《ずいぶん》と不景気な顔をしてやがるな。まぁいい、どうだ、旨《うま》い酒があるぞ。飲むだろ？」

そう言うと、ロベルトは机の上に置かれたブランデーの瓶を掴《つか》み、シグニスの前で振って見せる。

聞き様によっては皮肉とも嫌味《いやみ》とも受け取れるような言葉だ。

しかし、そんな言葉づかいこそが、二人の間では普通のやり取りだった。

事実、ロベルトにシグニスを責めるような意図はない。

それはただ、長年の友人が浮かべる苦悶《くもん》と悔恨に満ちた表情に対して向ける、ロベルトの真心から出た言葉だ。

そんなロベルトの態度に、シグニスは曖昧《あいまい》な笑《え》みを浮かべて頷く。

「あ……あぁ……喜んでいただくとするよ」

普段《ふだん》のシグニスからは考えられない程《ほど》に弱々しく煮《に》え切らない態度。

余程《よほど》、自分の選択《せんたく》に罪悪感を抱いている証拠だ。

（戦場《いくさば》でならどんな悪辣《あくらつ》な策謀だって巡らせられる知略を持った男のくせに……自分で自分の首を絞めていやがる）

戦《いくさ》に勝つ為であれば、諜報戦《ちょうほうせん》は欠かせない。

敵を欺《あざむ》き陥《おとしい》れるのは戦場ではごく当たり前の行動であり、人をだますなど良くない事だなどとのたまう人間からあの世へと旅立つ事になる。

勿論、歴戦の勇士であるロベルトやシグニスもそれは同じだ。

彼等《かれら》は戦場において圧倒的《あっとうてき》なまでの強者だが、だからと言って己の武勇だけを頼みにする猪《いのしし》武者《むしゃ》とは程遠《ほどとお》い存在だ。

だからシグニスやロベルトにとって、嘘《うそ》をつくという行為はそれほど忌避《きひ》される様なものではない筈《はず》なのだ。

しかし今、ロベルトの前に立つ男の顔は断罪の瞬間を待つ罪人の様。

（戦場での事だと割り切ればよい物を……本当に馬鹿な奴《やつ》だ……）

だが、そんな馬鹿だからこそ、ロベルトはシグニスと友でいられるのだろう。

部屋に入ろうとせずその場に立《た》ち尽くすシグニスの態度に、ロベルトは小さくため息をついて見せた。

既にロベルトはシグニスが裏切った理由を大方ではあるが察していた。

はっきり言ってシグニス・ガルベイラという男は、義理堅く誠実な人間だ。

その信頼度《しんらいど》は、機会主義的であり己の欲望を優先させる傾向《けいこう》の強いロベルトなど足元にも及ばない。

今回の戦に参加した人間の中で、ザルツベルグ伯爵が最も裏切りを警戒《けいかい》しないで済む人間の名を一つだけ挙げるとしたならば、それは間違いなくシグニス・ガルベイラの名前が挙がる事だろう。

そんなシグニスが裏切りを選んだとなれば、そこには相応の理由がある筈だ。

「どうした？　何時《いつ》まで突《つ》っ立っている。こっちに来て座《すわ》れよ」

入り口で黙《だま》ったまま立ち尽くすシグニスに、ロベルトはもう一度声を掛けた。

その言葉にシグニスもようやく決心が固まったのだろう。

無言のまま部屋の中へと足を踏《ふ》み入《い》れる。

義理堅く誠実な男。

普通《ふつう》に考えれば、それらの性格は欠点とは言えないだろう。

だが、義理堅いとか誠実とかいう言葉は、必ずしも良い事だけを齎《もたら》す訳ではない。

置かれた状況によっては義理堅さや誠実さが己の手足を縛《しば》る鎖《くさり》になる場合もあるのだ。

そして残念な事に、戦乱の絶えない大地世界においては、多くの場合で裏目に出てしまう場合が多い。

何しろ、血縁《けつえん》関係がある実の親子ですら、騙《だま》し合い殺し合いをする様な世の中なのだから。

「ほら、お前もグッといけ」

ロベルトは一口呷ると、ブランデーの瓶をシグニスの前へと突き出《だ》した。

グラスも使わずに回し飲みなど、まるで野盗か傭兵《ようへい》の様な荒々《あらあら》しい態度だ。

少なくとも、貴族階級に属する人間の行動ではないだろう。

だが、そんな飾《かざ》らない姿こそが二人の日常だった。

「どうした？　まさかお上品にグラスをよこせなんて言うつもりはないだろうな？」

そう言うと、ロベルトはニヤリと笑って見せる。

そんな普段と変わらぬロベルトの態度に、シグニスはようやく酒瓶を手にした。

そして、まるで何かを振り払うかの様に、三分の二以上は残っていた瓶の中身を一息に飲み干す。

唇《くちびる》の端《はし》から零《こぼ》れた琥《こ》珀色《はくいろ》の液体がシグニスの胸元《むなもと》を濡《ぬ》らした。

「ふぅ……」

シグニスが乱暴に手で口元を拭《ぬぐ》った。

決して良い酒の飲み方とは言えない。

鼻《び》腔《こう》をくすぐり、口の中に広がる芳醇な香りを楽しむ事も、長い年月を費やして造られた琥珀色の熟成と言う時を目で楽しむ事もしない、ただ酒精を体の中に流し込んだというだけの飲み方。

どれほど職人が丹精《たんせい》込めて仕込んだ酒でも、こんな飲み方をすれば全て台無しだ。

だが、今のシグニスに酒の味を楽しむような余裕はなかった。

ソファーに悠然《ゆうぜん》と腰を据《す》えるロベルトをじっと見つめるシグニス。

それはまるで、何かを求める様な目だ。

いや、何かではない。

シグニスはロベルトに罰《ばつ》を与えてくれと求めていた。

二人の視線が空中で交差する。

だが、そんなシグニスにロベルトは何の言葉も掛けなかった。

長い沈黙が部屋の空気を重くする。

「何故《なぜ》黙《だま》っている……ロベルト……お前は俺を責めないのか？」

やがてシグニスは顔を伏《ふ》せると、心の奥底《おくそこ》から絞《しぼ》り出すような震える声でロベルトに問う。

シグニスにしてみれば、罵倒《ばとう》され命すらも奪《うば》われる覚悟《かくご》で此処《ここ》へ来たのだ。

勿論、自らが全てを覚悟の上で選んだ選択だ。

最愛にして唯一の家族を守り、自らが自由に戦場を駆ける為には、他に選択肢がなかったのは事実だろう。

だから、シグニスに悔《く》いはないし、それを言い訳にあの夜の事を正当化するつもりはなかった。

そう言う意味での腹は括っている。

だが、友を裏切ったという事実は、シグニスが想像していたよりもはるかに彼自身にとって重い決断だったらしい。

本来であれば、終戦後直ぐにロベルトの下を訪ねる事も出来た筈だ。

だが、今日までシグニスは足を向けなかった。

その理由は、シグニス自身の心がそれを躊躇ったからだろう。

だが、シグニスの予想とは裏腹に、ロベルトの態度は普段と何も変わらなかった。

ロベルトはただ黙ったまま酒瓶を呷る。

そしてゆっくりと口を開いた。

「責める……か」

呆《あき》れとも苦笑《くしよう》ともつかない言葉だ。

その言葉にシグニスは顔を伏せながら心の内を吐《は》き出す。

「そうだ……俺はお前とザルツベルグ伯爵を……」

「あぁ、裏切った……な。確かに」

ため息と共にロベルトの口から零れた言葉。

そこにあるのは悲しみと憐れみだ。

そして、シグニスに向かって肩《かた》を竦《すく》めて見せた。

「別に構わんさ」

「何？　それはどういう……」

思いがけないロベルトの言葉に、シグニスは伏せていた顔を上げた。

驚《おどろ》きの表情を浮かべながら。

そんなシグニスに対して、ロベルトは浮かべていた笑みを消して問いかける。

「エルメダは無事か？」

その瞬間、シグニスの顔が強張《こわば》る。

エルメダ。

それはとある女の名だ。

年は五十も半ばを過ぎた頃《ころ》か。

容姿は特に優《すぐ》れても劣《おと》ってもいない。

若い頃はそれなりに愛嬌《あいきょう》のある女性であっただろうが、今ではどこにでもいる初老の夫人だ。

そんなエルメダは、ガルベイラ男爵家の屋敷《やしき》が在る街の片隅《かたすみ》に住んでいる。

気さくで人当たりが良い人間街の人間から慕《した》われているが、取り柄《え》と言えそうな物は人柄《ひとがら》を除けば、昔ガルベイラ男爵家に仕えていたメイドだった事だけだろう。

大地世界のどこにでもいる平民の女。

だが、そんな平凡《へいぼん》な彼女《かのじょ》の存在が、シグニスにとっては何よりもかけがえのないものだった。

そう、己の矜持《きょうじ》を曲げる事すらも厭《いと》わない程に。

「お前……何故《なぜ》その事を」

シグニスの口から驚きの声が零れた。

そんなシグニスの姿に、ロベルトは呆れたと言わんばかりに首を横に振る。

「馬鹿かお前は……何年お前と付き合ってきたと思っている。お前がザルツベルグ伯爵を裏切る可能性なんてそう幾つもあるものじゃないだろう？　それに、御子柴の軍は北部十家の領地を荒《あ》らしていた。俺は各地の領民をイピロスに追いやって一ヶ所《かしょ》に集め、兵糧《ひょうろう》の消費を増加させた上で、城内の治安を悪化させる事が狙《ねら》いだと踏んでいた。だが、襲撃《しゅうげき》の過程でエルメダを捕虜とした可能性は十分に考えられる……つまりはそう言う事だろう？」

そう言うとロベルトは再びブランデーの瓶に口を付ける。

事実、シグニスは富や名声と言った人間の持つ欲望に関心が薄《うす》い。

全くないという程に無欲ではないが、人を裏切ってまで求める様な貪欲《どんよく》さはない。

金、女、権力、名誉《めいよ》。

多くの人間が道を踏み外《はず》す原因となる様々な誘惑《ゆうわく》も、鋼《はがね》の自制心を持つシグニスの様な男にとっては何の効果もないのだ。

エルメダは、そんなシグニスの殆ど唯一の弱みといっていいだろう。

「俺も、あの時御子柴男爵が何を考えているか気が付くべきだった」

「あの時……か。初戦を終えた後の事だな。僅《わず》かだが攻勢《こうせい》が弱まった……」

ロベルトの言うあの時が何時か、シグニスには直《す》ぐに分かった。

自分達《たち》は間違いなく御子柴軍の動きに違和《いわ》感《かん》を持ったのは確かだ。

勿論、それは本当に微かな違和感。

実際に前線で矛《ほこ》を交える人間にしか感じ取れないような物だ。

「所詮《しょせん》、俺達《おれたち》はただの都合の良い道具だ。あの男の狙いに気が付いたからと言って、今回の策略を防げたかと言われると疑問だがね」

「ロベルト……」

自虐的《じぎゃくてき》な表情を浮かべて肩を竦めて見せたロベルトに、シグニスは掛ける言葉がなかった。

もし仮に、シグニスとロベルトのどちらかに今回の戦での指揮権をザルツベルグ伯爵から委《い》譲《じょう》されていたならば結果は変わったかもしれない。

いや、指揮権とまではいかずとも、もう少し周囲の理解があれば、結果は確実に変わっただろう。

目の前で落とし穴が口を開けているのが分かっているのに、それを無視して足を進めなければならないこと程、馬鹿げた話はないのだから。

しかし、物事を自分の意思で決定する権利がないというのは、そういう理《り》不《ふ》尽《じん》で馬鹿げた結果を招き寄せてしまう。

正論や忠告も、相手が聞く耳を持ってこそ意味を持つのだ。

「まぁ、それは良い。今更《いまさら》どうなるもんでもないからな……それで？　エルメダは今どうしている？」

ロベルトの問いにシグニスは苦笑いを浮かべると重い口を開く。

「この城に居るよ」

「人質《ひとじち》として連れてこられたか？」

それは今更問うまでもない事だろう。

エルメダはあくまでシグニス・ガルベイラという猛獣《もうじゅう》を飼いならす為の鎖でしかない。

事実、ガルベイラ男爵家はエルメダを長年監禁する事でシグニスの動きを封《ふう》じてきたのだから。

だが、シグニスの口から零れた言葉はロベルトの予想を超えていた。

「いや……御子柴男爵家でメイドとして働いている……本人の希望だそうだ」

シグニスの言葉にロベルトは軽く片眉《かたまゆ》を吊《つ》り上《あ》げて見せる。

「ほぅ……それはまた」

ロベルトにはシグニスのその言葉だけで、エルメダの考えが手に取る様に察せた。

(随分と見込んだものだ。あのエルメダが……なぁ)

生涯結婚《しょうがいけっこん》をしなかったエルメダにとって、乳飲《ちの》み子《ご》の頃から育てて来たシグニスは唯一の息子と言っていい存在だ。

血の繋《つな》がりこそなくとも、二人の関係は正真正銘《しょうしんしょうめい》の親子。

血縁者《けつえんしゃ》から疎まれて警戒され続けて来たシグニスにとって、エルメダはガルベイラ家において今は亡《な》き祖父を除けば唯一の味方と言っていい。

そんなエルメダが自分から御子柴男爵家に仕える。

(シグニスの主《あるじ》として認めた訳か……そして、自分が率先《そっせん》して仕える事でシグニスに対しての余計な警戒心《けいかいしん》を解こうとした……相変わらず良い度胸をしている。大した婆《ばあ》さんだぜ)

エルメダは今のガルベイラ男爵家に強い不満を持って来た。

愚《おろ》かで惰弱《だじやく》な嫡男に、血統しかとりえのない傲慢《ごうまん》で浪費家《ろうひか》の正妻とその取り巻き。

そして、それらの問題を認識《にんしき》していながら解決しようとしない現当主。

エルメダも表向きは、自分の秘めた思いを態度に出した事はない。

だが、エルメダがシグニスこそガルベイラ男爵家の当主に相応《ふさわ》しいと考えていた事をロベルトは何となくだが察してはいた。

(まぁ、エルメダにしてみれば、当然だろうな)

勿論、他家の継承《けいしよう》問題だ。

軽々しく口にする事も態度に出す事も問題だった。

しかし、もし仮に第三者に問われれば、ロベルトはシグニスと友人であるという立場を抜《ぬ》きにして考えても、エルメダと同じ結論を出すだろう。

シグニス・ガルベイラという男の武勇は、このローゼリア王国全土を見回しても傑出《けつしゆつ》している。

特に、愛用の鉄棍《てつこん》を振《ふ》るわせれば、戦場ではまさに敵なしと言っても過言ではないのだ。

それでいて、兵の指揮にも長《た》けていると言うのだから始末に負えない。

王都に出向き近衛騎士団《このえきしだん》へ入団すれば、直ぐにでも頭角を現す逸材《いつざい》と言っていいだろう。

それこそ機会にさえ恵《めぐ》まれれば。ローゼリアの白き軍神と呼ばれたエレナ・シュタイナーの跡《あと》を継ぎ将軍位に上る事すらも夢ではなかったかもしれない。

それ程の男が北部の辺境で長い間燻《くすぶ》ってきた。

家族から虐《しいた》げられ、蔑《さげす》まれる日々。

戦功を上げてもそこに名誉も報酬《ほうしゅう》もなく、ただガルベイラ男爵家の良い様に利用され続けてきたのだ。

シグニスの母親と自他共に認めるエルメダとしては、どれほど悔しく悲しかっただろうか。

ましてや、そんなシグニスの置かれた境遇に対して、己《おのれ》の存在が一因となっていると知っていたら……

（そこに今回の戦だ……エルメダにしてみれば千載一遇《せんざいいちぐう》の好機だった訳だな）

人質として御子柴家にただ居るのではなく、メイドとして仕える事でエルメダは積極的な支持を打ち出した訳だ。

エルメダ自身の価値。

そしてシグニスの今後の立場をきちんと理解していなければ、こうも素早《すばや》く動く事は難しいだろう。

エルメダの狙いは一つ。

シグニス・ガルベイラと言う英雄《えいゆう》を雁字《がんじ》搦《がら》めにしている様々な鎖を、取り払う事だ。

（シグニスに飛躍《ひやく》の機会を与《あた》えたいという訳だな。御子柴男爵の立場で考えても、悪い話ではないだろう……少なくともシグニスの忠誠を得る切《き》っ掛《か》けにはなる）

正直に言って、ロベルトにも御子柴亮真の最終的な目標が何処《どこ》にあるのか、完全に読み切れている訳ではない。

兵を引きウォルテニア半島に立て籠もるのか、北部十家を完全に滅《ほろ》ぼし実効支配に乗り出すのかも分からないし、その先の展望があるのかも不明だ。

だが、どちらにせよ御子柴亮真が人材を求めている事だけは分かっていた。

(そうでなければ俺《おれ》の待遇の説明がつかないからな……)

だからこそ、シグニスに対する警戒心も相当に低くなる。

監視《かんし》を付けないという事はないだろうが、少なくともガルベイラ家で行われていたような束《そく》縛《ばく》や嫌がらせは無くなると考えて良いだろう。

そして、味方からの詰《つ》まらない妨害《ぼうがい》さえなければ、シグニスは自力で力を示す事が出来る筈だ。

(自分の身を捨てて子供の未来を切り開いたか……羨《うらや》ましい事だ)

目を閉じたまま大きくため息をついたロベルトへシグニスは訝《いぶか》しそうに首を傾《かし》げた。

「ロベルト?」

「お前……良い母親を持ったな」

それは、己が決して持ちえない宝を持つ友に対して告げる心からの言葉だった。

「まぁ、それは良い……それで……お前が此処に来たのはエルメダの事を伝える為じゃないだろう?」

重苦しい沈黙《ちんもく》を破り、ロベルトはついに本題へと切り込む。

「ロベルト、お前……分かっていたのか……」

「当たり前だろう？　敗軍の将にこれほどの待遇をしてるんだぜ。裏があって当然さ」

だが、そんなロベルトの言葉にシグニスは顔を歪《ゆが》めて見せる。

「何だその顔は。まさかお前、俺をそこまで馬鹿だと思っていたんじゃないだろうな」

「お前の事だからな……正直に言えばその可能性はあると考えていた」

「長年の友人に酷《ひど》い事を言いやがるぜ」

ロベルトはそう言うとシグニスを睨み付《つ》けた。

見つめあう二人。

そして、どちらともなく吹《ふ》き出すと大声を上げて笑い合った。

どれほどの時が流れただろう。

やがてシグニスは浮かべていた笑みを消してロベルトへと視線を向ける。

「まぁ、冗談《じょうだん》はさておき……そこまで分かっているならば単刀直入に言おう。御屋形《おやかた》様がお前の力を欲《ほっ》しておられる。お前の力を貸せ、ロベルト。お前はこんな片田舎《かたいなか》で埋《う》もれる様な器《うつわ》じゃない筈だろう？　それとも、本気でこのままこの北の辺境に骨を埋《うず》めるつもりなのか……お前は己の器量を本気で試《ため》してみたいとは思わないか？　つまらない柵《しがらみ》なんか全部捨てて、俺と共にこの戦場を自由に駆け回《まわ》って見たくはないか？」

それは、普段は冷徹《れいてつ》で冷淡《れいたん》ともいえるシグニスが見せた本心。

今まで周囲の目を気にして親友であるロベルトの前ですら口にする事なく押《お》し隠《かく》してきた望

みだ。

それを、シグニスは初めて口にした。

だが、彼の言葉で何よりも注目するべきなのは別にある。

その言葉を聞いた瞬間《しゅんかん》、ロベルトの目が鋭《するど》い光を放った。

「御屋形様……ねぇ」

「あぁ、御屋形様……だ」

シグニスはロベルトの言葉をもう一度繰《く》り返《かえ》す。

その言葉から感じられたのは深い畏敬《いけい》の念だ。

たかが呼び方ではあるが、シグニスの本気さが十二分に伝わって来る。

(まさかこの短期間でシグニスが此処まで入れ込むとはな……)

他人に対しての友情や敬意と言った感情は、共に過ごした年数に比例する。

勿論、大半の人間は初対面の相手であっても自分の本心を隠して笑みを浮かべ、手を取り合う事は出来る。

しかし、それはあくまでも表面上の事でしかない。

それこそ、本当に相手から友情や敬意を得ようと思うのであれば、年単位での付き合いが必要になるだろう。

そして、ロベルトの知るシグニス・ガルベイラという男は、端的《たんてき》に言うならば己の本心をあまり表面に出す事のない人間だ。

勿論それは、目に見える物ではない。

見かけの態度や言葉遣《ことばづか》いだけで判断するならば、シグニスはロベルトよりもはるかに社交的であり友好的だろう。

恐らく、多くの人間がロベルトよりもシグニスを律儀《りちぎ》で従順な性格であると誤解している筈だし、シグニス自身も周囲から自分がそう見える様に演じて来た。

だが、それはあくまでもシグニスの本心を隠す擬態《ぎたい》でしかない。

親族に恵まれず、側室の子以下の待遇を押し付けられてきた彼にとって、周囲に己の不満や野望を欠片《かけら》でも見せる事は、文字通り命に関《かか》わる問題だったからだ。

シグニスの本心を知る人間と言えば、乳母《うば》であり育ての親であるエルメダと、親友であるロベルトの二人位な物だろう。

あれだけシグニスを頼《たよ》りにしていたザルツベルグ伯爵にすら、シグニスは一度として己の心の内を見せた事はないのだから。

いや、長年の親友であるロベルトですら、シグニスの本心を彼の口から聞いたことは一度としてないのだ。

そんなシグニスの顔に浮かんだ笑みを見て、ロベルトは御子柴亮真と言う男に対して嫉妬《しっと》を感じてしまう。

（まぁ、気持ちは分からなくもないがね……）

くびきから解き放たれた解放感が、濁《にご》っていたシグニスの心に再び光を当てた証拠《しょうこ》だ。

そこでロベルトはある事に気が付く。

「そうか……お前」

「あぁ、お前の想像通り。今は俺がガルベイラ家を継いでいる」

ロベルトの言葉に含《ふく》まれた意味を察し、シグニスは唇を釣《つ》り上げて笑うと、机の上の酒瓶《さかびん》に口を付けた。

それはつまり、側室の子ですらない平民の娘《むすめ》から生まれた男が、正室腹の兄を押しのけて家督を継いだという事だ。

（父親からも、母親からも疎まれ、忌《い》み子と蔑まれ続けたシグニスが家督を継ぐ日が来るとは……な）

個人の能力よりも血統の正当性を重視する大地世界の貴族社会では、まず考えられない措置《そち》だろう。

それを可能にする手段は一つしかない。

（こいつがあの男に望んだのだろうか……実の父親や肉親の死を願うほど恨《うら》んでいたのか？それともエルメダが動いたのか？）

爵位《しゃくい》を継ぐ順番は厳格に規定がされている。

ただ、手段が全くない訳でもない。

シグニスに継承の可能性が無い理由は、上位の継承権保持者《けいしょうけんほじしゃ》が何人も存在しているという事実に他《ほか》ならない。

逆に言えば、それら上位の継承権保持者を排除《はいじょ》出来ればシグニスがガルベイラ男爵家を継ぐ事は可能なのだ。

ただそれは、ロベルトが知る友の行いではない。

(あれほど嫌っていた家督や家名に心が動いたのか？　親兄弟を殺して迄《まで》それが欲《ほ》しくなったというのか？)

その返答次第《しだい》では、ロベルトとシグニスの間に長年育《はぐく》まれてきた友情は、粉微塵《こなみじん》に砕《くだ》け散《ち》るだろう。

ロベルトはシグニスから毒を盛られても許す事が出来た。

ロベルトとシグニスの関係が、中国の故事にある刎頸《ふんけい》の交わりに似ているからだ。

それは、互《たが》いが互いの為に首を刎《は》ねられても構わないと言える程の信頼《しんらい》と友情を結んでいるという証《あかし》だ。

(だが、人間の屑《くず》と友になったつもりはない)

確かに、シグニスが受けてきた仕打ちはあまりにも酷い。

怒《いか》りの頂点に達したから己の手で殺したと言うのであれば、ロベルトはシグニスに「よくやった！　今までよくぞ我慢《がまん》してきた！」と労《ねぎら》いと慰《なぐさ》めの言葉を掛けただろう。

だが、己の利を欲し、欲望から肉親を手に掛ける様な人間を友と呼ぶつもりはない。

たとえ、結果が同じだとしても、そこに行きつく過程には大きな隔《へだ》たりがあるのだから。

「お前か？　それともエルメダか？」

それは、単純にして最も確信を突いていた。

しかし、その問いにシグニスはゆっくりと首を横に振る。

別に、ごまかそうとした訳ではないし、非難の矛先《ほこさき》を躱《かわ》そうとした訳でもない。

本当に、ガルベイラ男爵家《だんしゃくけ》の家督継承《かとくけいしょう》に関して、シグニスもエルメダも関与《かんよ》していなかったのだ。

「いや、俺達《おれたち》が知ったのは全《すべ》てが終わった後だ」

「どういう事だ？」

シグニスの言葉が真実であるならば、一体誰《だれ》がシグニスの兄達を始末したのだろうか。

その問いに、シグニスは酒瓶を呷《あお》ると、笑いながら答える。

「あの方のご意思さ」

「御子柴男爵か？」

その言葉にシグニスは深く頷《うなず》いて見せた。

「戦が終わり、御屋形様に初めてお目通りをした際、ハッキリと言われたよ。俺以外、ガルベイラ家で生かしておきたい人間はただの一人もいないとね。だから、俺が家名を継がないという決断をするのであれば、ガルベイラ男爵家は断絶だと」

その言葉に、ロベルトは思わず目を見開いてシグニスの顔を見つめた。

それほどまでにシグニスの言った言葉は、ローゼリア王国の貴族達にとって、常識はずれな言葉だったのだ。

「そいつはまた……」

敵の一族を滅ぼすというのは言葉にするほど簡単ではない。

相手の領地経営に大きな問題がなく、領民がその支配に強い不満を持っていない場合などは特にだ。

敵の城を攻《せ》め落《お》とす事と敵の拠点《きよてん》を占領《せんりよう》し己の領土とする事。

この二つはとても似通っていて密接な関係を持っている。

だが、同時に両者の性質は全くの別物とも言えるのだ。

領土化には、その土地に住む領民達が新たな支配者を受け入れなければならない。

力に因《よ》る恐怖《きようふ》は支配力として非常に便利だが、それだけだと何《いず》れは暴発してしまう。

恐れられはしても、怒りや反発心は極力抑《おさ》えた方がいいのは当然だろう。

だから、大半の場合、勝者は敗者を残す事で、管理を容易にしようとする訳だ。

それに、ローゼリア王国の貴族達は、その長い歴史の中で、貴族間の婚姻《こんいん》を繰《く》り返してきた。

勿論、近親間での婚姻によって血が濃《こ》くなりすぎる弊害《へいがい》は大地世界でも認識されているので、なるべく遠縁《とおえん》から嫁《よめ》や婿《むこ》を貰《もら》う様にはしているが、何しろ限定された階級だ。

数代前まで遡《さかのぼ》ると、大抵の家々が親族という事になってしまう。

それが分かっているからこそ、ローゼリア王国の貴族間で領有権争いから戦が起きたとしても、どちらも致命傷《ちめいしよう》になる前に折り合いをつけてきた。

それは戦だけに限らず、王宮内での政争でも同じ事だ。

そう考えると、十数年前に起きたゲルハルト公爵家《こうしゃくけ》との政争に因って、エルネスト侯爵家《こうしゃくけ》が家名断絶の上、血縁者の大半が国外追放にまでなったのは、かなり異例の判断だったと言えるだろう。

(確かにガルベイラ男爵家の内政はお粗末なものだったと聞いているが……)

もしロベルトが御子柴亮真の立場であったならば、相手の家を亡ぼすまではしない。

いや、出来ないと言った方が正しいだろうか。

ロベルトもまた、ローゼリア王国の貴族階級に生まれた人間なのだから。

だが、御子柴亮真という男は、そんな貴族達の慣習とは無縁の存在らしい。

「なら……お前以外は？」

その問いにシグニスは沈黙をもって答えた。

その意味を今更問い返す必要はないだろう。

「そうか……なら、俺の家も同じ結末だな……」

ロベルトから見て、自分の父親であるベルトラン男爵家の現当主は凡庸《ぼんよう》な男だ。

だが、可もなく不可もなくと言うのであれば、立ち回り方次第では生き残る可能性もあるだろう。

しかし、ロベルトは自分の父親の性格を知っている。

(問題なのはあの男が典型的なローゼリア貴族だという点だ)

能力的な物だけ見れば暗愚《あんぐ》でないだけ使い道があると言えなくはない。

だが、父親が御子柴亮真の様な成り上がり者が自分と同じ男爵位に叙勲《じょくん》された事を苦々しく思っていた事は間違《まちが》いない。

ロベルト自身が、過去に幾度《いくど》となく罵倒しているのを聞いているのだ。

到底《とうてい》、新たな支配者として受け入れる事など出来ないだろう。

いや、仮に父親が新たな支配者に膝《ひざ》を屈《くっ》したとしても、今度は御子柴亮真の方がそれを受け入れる事はないだろう。

（面従腹背になる事が目に見えているからな……）

勿論《もちろん》、才があれば御子柴亮真は父親の心底を見抜《みぬ》いていても家臣の一人として受け入れるかもしれない。

ただし、その才は他者を圧倒《あっとう》する何かである必要がある。

だが、ロベルトから見た父親にそこまでの才能はない。

そして、それはロベルトの兄の方にも同じ事が言える。

領内の治安の良さから領民から慕われている様だが、それはあくまでもロベルトが領内の盗《とう》賊《ぞく》や怪物《かいぶつ》を排除している結果に過ぎない。

兄自身の功績など、あってない様なものと言えるだろう。

そんなロベルトの予感をシグニスの口から放たれた言葉が肯定《こうてい》する。

「あぁ、あの方は全てをご存知《ぞんじ》だったよ。各領地の地形や町や村の特産物の有無《うむ》に始まり、税の額から各家が抱《かか》えていた問題点まで洗いざらい。勿論、ロベルト、お前のベルトラン男爵家に関しても……な」

それは、既《すで》に全てが終わったという示唆《しさ》だ。

その言葉を聞いた瞬間、ロベルトは開戦以来抱《いだ》いていた疑問が氷解していくのを感じる。

「成程《なるほど》な。やはり、綿密な準備をした上でこの戦を起こした訳か」

「そういう事になるな」

ロベルトの言葉にシグニスは笑みを浮かべた。

常識的に考えれば、如何《いか》に広大なウォルテニア半島を領有するとはいえ、数年前までは領民など一人もいない魔境《まきょう》だった土地だ。

居るのは亜人《あじん》に海賊《かいぞく》、それと強力な魔獣《まじゅう》くらいだろう。

領民の納める税金によって生活する貴族にとっては、まさに地獄《じごく》と言っても言い過ぎではない様な領地だ。

それに比べて北部十家の治めるローゼリア北部は、イラクリオン平原に代表される様な穀倉地帯程ではないにせよ、十二分に豊かな土地と言えた。

そこを長年支配してきた北部十家との戦力差は、本来であれば比べるまでもない事だろう。

大人と子供どころか大人と赤《あか》ん坊《ぼう》の戦といってもいい。

少なくとも、ザルツベルグ伯爵《はくしゃく》をはじめとした北部十家の殆《ほとん》どがそう思っていたはずだ。

(単純に戦が強いとか、領地経営に優れているってだけじゃない……)

その瞬間、ロベルトの背筋に冷たい物が流れ落ちた。

確かに、そういった部分も無い訳ではないだろうが、重視するべき点は他にある。

「密偵《みってい》を放ち、北部十家の事を徹底的《てっていてき》に調べつくしていたのだろうが……一体何時からだ？何時から今回の戦を想定していた？」

御子柴亮真が男爵に叙《じょ》せられ彼《か》の地《ち》にやってきたのは今から数年前の事。

その後しばらくしてからはオルトメア帝国《ていこく》の侵攻《しんこう》に抗《あらが》うザルーダ王国へ援軍《えんぐん》に赴《おもむ》いている。

時系列を考えると、一番可能性が高いのはザルーダ王国から帰国して直ぐという事になるが、それでは時間として半年ほどしかない。

だが、僅か半年で北部十家の内情を全て調べ上げるのはかなり難しい筈だ。

「恐《おそ》らくは、ウォルテニア半島を領有する事になって直ぐ……だろうな」

「シグニス、お前もそう思うか？」

「確信はないが、恐らく……な。そうでなければ、辻褄《つじつま》が合わない。勿論、それが事実だとすると、あの方は男爵位を叙勲した最初から……」

その言葉の指し示す意味を理解し、ロベルトは思わず生唾《なまつば》を飲み込む。

（面白《おもしろ》い男だ……）

貴族として最下級でしかない男爵でありながら、その目は常に天を見上げているのだろう。

そんな男の存在に、ロベルトは己の心の中に熱い何かが産声《うぶごえ》を上げるのを感じた。

それがシグニスにも伝わったのだろう。

シグニスは再び先ほどと同じ言葉を口にする。

「さて、もう一度聞こう。どうする？」

その問いにロベルトは大きく息を吐《は》くと、シグニスの目を見つめながらゆっくりと己の心の想《おも》いを口にした。

「そうだな……まぁ、条件次第だな」

その言葉を聞いた瞬間、シグニスは目を見開いて驚いた。

まさか、ロベルトが自分の提案をこれほどすんなり受けるとは考えもしなかったからだ。

（信じられん……本気なのか……）

シグニスは思わず自らの耳を疑った。

そんなシグニスに、ロベルトは呆れたような表情を浮《う》かべた。

「おいおい、お前が仕えないかと誘《さそ》ったんだろうが。何故、俺が仕えてやってもいいと答えたらそんなに驚いた顔をするんだ？」

「いや、まさかお前が本当に仕官を受け入れるとは……」

そんなシグニスに対してロベルトは酒瓶を振って見せる。

「此処での生活は実に快適だ。何しろ、実家じゃまず口に出来ない高価な酒も飲み放題だし、飯も美味《うま》い。服だって上等だし風呂《ふろ》にも入れる。ザルツベルグ伯爵家の書庫から持ってきてくれる本を読んでいれば時間潰《つぶ》しにもなる。難点を言えば女が抱《だ》けない事と、この部屋に軟禁《なんきん》状態って事くらいだが、おおむね不満はない。だがな、そのおかげで少しばかり体がなまってきたように思えて……な。そろそろ外の空気を吸いたい気分なんだ。だから、あの男が俺の出す条件を呑《の》むのであれば仕えてやってもいい」

その言葉にシグニスは少し考えこむと、ゆっくりと口を開いた。

「それで、お前の言う条件とは何だ」

ロベルト・ベルトランは生粋《きっすい》の戦士。

戦場こそが彼《かれ》の日常であり生きる場所だ。

戦が無ければ、ロベルトはたとえ生きていても死んでいるのと変わらない。

そう言う意味からすれば、御子柴亮真という男に仕えるのは悪い選択ではないだろう。

ローゼリア王国の貴族を本格的に敵に回した男の下《もと》に居れば、戦には事欠かないのだから。

(だが……その前にどうしても確かめたい事がある)

だから、ロベルトはシグニスに向かって仕官の条件を告げる。

「俺以上の武人である事……それを証明する事だ」

それは、ロベルト・ベルトランと言う男の武人としての矜持だった。

第三章　未来図の指し示す先

御子《みこ》柴亮真《しばりょうま》がザルツベルグ伯爵を討《う》ち取《と》りローゼリア北部一帯を治める様になって一ヶ月《かげつ》半程《ほど》が過ぎたとある日の午後。

風もほとんどなく、柔《やわ》らかい日差しのおかげか、外気は適度な暖かさを保っている。

まさに、外を出歩くのであれば最適とも言うべき日だ。

ろくな雨具を持たない平民の多くは、雨天に外出などしない代わりに、こういった天気の良い日にまとめて用事を済まそうという傾向が強いのは致《いた》し方《かた》ない事だろう。

実際、街の大通りは普段《ふだん》以上の賑《にぎ》わいを見せている。

また、ちょっとした庭を持つ家に住むことの出来る人間ならば、庭木に囲まれながら読書やお茶の時間を優雅《ゆうが》に楽しむのも一つの選択肢《せんたくし》に入る様な、そんな穏《おだ》やかな日だ。

しかし、実に残念な事にこの城塞《じょうさい》都市イピロスを治める支配者の下にそんな安寧《あんねい》が訪《おとず》れる事はなかった。

「こちらもご確認《かくにん》をお願いします」

ザルツベルグ伯爵邸《はくしゃくてい》の一角に設けられた執務室《しつむしつ》で、朝から書類と格闘《かくとう》をしていた御子柴亮真は、ローラから差し出された書類の束に苦笑いを浮かべる。

「まだあるのか」

メイド服を身に纏《まと》った可憐《かれん》にして最も信頼する腹心の一人から差し出された書類。

手の中に感じるのはかなりの重量感だ。

ちょっとした筋トレ用のダンベルくらいは有るだろう。

既に時刻は夕刻に差《さ》し掛かっている。

勿論、その間には優雅にお茶を楽しむ時間もなければ、読書の時間もない。

それでも、一心不乱に仕事をした結果、ようやく残り十数枚と言うところまで減らしたのだ。

そこに更《さら》なる追加だ。

朝からずっとこの部屋で書類仕事に明け暮れて来た亮真としては、あまり嬉《うれ》しくない展開だろう。

別に亮真は怠惰《たいだ》な人間ではない。

だが、それでも終わりが見えた途端《とたん》に増える書類の山には食傷気味だ。

いや、ハッキリ言えば嫌気《いやけ》がさして来ていると言っていいだろう。

(まぁ、自業自得《じごうじとく》ではあるんだがな……まるで賽《さい》の河原の石積みだな……)

親より先に亡くなった子供達は、その罪の贖罪《しょくざい》として石を拾い集めて塔《とう》を造るという。

そこに来るのが、地獄の極卒である鬼《おに》だ。

彼等《かれら》は、せっかく子供達が積んだ石塔《せきとう》を崩《くず》すと、再び建てる様に強要するという。

親を悲しませるという大罪を犯《おか》した子供達への罪と言う、ある意味では実に理不尽な仏教の説話ではあるが、今の亮真の状況《じょうきょう》は賽の河原の石積みに明け暮れる子供達に似ていると言っていいだろう。

ただ、子供達には同情してくれる人間が居るだろうが、あいにくと亮真に対して同情してくれる人間は居ない。

何しろ、誰がどう考えても今の状況は、御子柴亮真自身が引き起こしたことでしかないのだから。

しかし、亮真に味方が居ないという訳でもない。

少なくとも、亮真に書類を差し出した当の本人の顔には、罪悪感が浮かんでいた。

「申し訳ありません。これでも内容は厳選しているのですが……」

そう言うと、ローラは申し訳なさげに頭を下げる。

敬愛する主に負担は掛けたくはないのだ。

イピロスを制圧してから今日まで、亮真の睡眠《すいみん》時間が一日四時間程しか確保出来ていない状況を理解していれば猶更《なおさら》と言える。

だが、それでも睡眠時間が確保できているだけマシと言えるのだ。

残念な事だが、新たなる北部の盟主にしか処理出来ない案件があまりにも多すぎた。

リオネやボルツと言った古参を筆頭に、新たに登用した新人達をフル活用しながら仕事を割《わ》り振ってはいるのだが、それでも亮真でなければ判断のつかない事案が次から次へと彼の下に持ち込まれてくるのだ。

信頼の出来る家臣の数に限りがあるのは、新興貴族故《ゆえ》の弊害というべきだろうか。

「仕方ないか……こちらも色々と無理を言っているからな」

そう言うと、亮真は諦《あきら》めたような力ない笑《え》みを浮かべて書類の束を机に置いた。

（もう少し加減するべきだったか？　いや、膿《う》みは出し切るべきだと判断したのは間違っていない筈《はず》だ……）

ザルツベルグ伯爵を討ち取り、彼に従った北部十家の当主達を根こそぎ排除したのは、他ならぬ亮真自身の所業なのだ。

領地が広がれば当然の事ながらその管理の手間は飛躍的《ひやくてき》に増大する。

特に、今回の様な武力を用いての併合《へいごう》は色々と弊害が大きいのは確かだろう。

その上、既存《きそん》の統治者を大胆《だいたん》に排除している。

勿論、排除対象は能力的には二級品どころか、三級以下の愚《おろ》か者の上、人間性にも問題がある様な、使い道のない屑ばかりだ。

下手に残しても、汚職《おしょく》の温床《おんしょう》にしかならないだろう。

だが、それでも行政の歯車の一部だ。

それを大量に取り除けば機能不全を起こすのは当然だろう。

それに加えて、今回の新領統治に当たり、亮真は今までにない統治法を施行《しこう》しようとしていた。

それは大地世界《アース》において実に画期的な施策《しさく》なのだが、だからこそ実現するには様々な試行錯誤《しこうさくご》誤《ご》が必要となる。

その結果、余計に余裕《よゆう》がなくなっているのは否定のしようがない。

（とは言え、少しばかり甘《あま》く見積もり過ぎた……かな）

頭の中で考えた事を現実に起こし反映するには多大な労力が費やされる。

極《きわ》めて当たり前の事だ。

しかし、その当たり前を本当の意味で理解していたのか。

そんな思いが亮真の心の中を微《かす》かに過《よぎ》る。

だが、必要か必要ではないかで言えば、亮真にとって今の仕事はどれも絶対に必要な事だ。

そして、実施《じっし》するタイミング的にも今しかない事も分かっていた。

ただし、それが分かっていても尚《なお》、地味な書類仕事が亮真にとって苦痛な事に変わりはないのだ。

（まぁ、愚痴《ぐち》を言っても仕方がない……とにかく少しでも片付けていくしかないか）

今更、全てを投げ出す訳にはいかないのだ。

御子柴亮真が担《にな》っているのは、もはや自分の命一つではないのだから。

大きくため息を一つつくと、亮真は気持ちを切り替《か》えた。

だが、どうやら運命の女神《めがみ》は亮真にとってあまりにも底意地が悪いらしい。

諦めて亮真が手元の書類に視線を向けた瞬間、再び執務室の扉《とびら》をノックする音が響《ひび》いた。

約束していた来客が到着《とうちゃく》したのだろう。

壁《かべ》に掛けられた時計の針へ軽く視線を向け、亮真は椅子《いす》から腰《こし》を上げた。

「ローラ」

亮真の視線を受けローラは無言のまま小さく頷くと、執務室の扉を開ける。

次の瞬間、灰色の様な執務室の空気が俄《にわ》かに彩《いろど》りを見せた。

それは、女の持つ天性の魅力《みりよく》なのだろうか。

「お仕事中に失礼いたしますわね」

そう言うと、ユリア・ザルツベルグ伯爵夫人はにこやかな笑みを浮かべながら亮真の方へと軽く頭を下げる。

今日のユリア夫人は前に顔を合わせた時とはまるで装いが違《ちが》っていた。

先日の戦《いくさ》で亮真との一騎《いっき》打《う》ちの果てに敗れた夫、トーマス・ザルツベルグ伯爵の喪《も》に服しているのだろうか。

黒で統一されたシックなデザインのドレスだ。身に着けている装飾品《そうしよくひん》も、前回に比べてかなり数を抑えているのは明らかだった。

そんなユリア夫人を亮真も笑顔《えがお》を浮かべて迎《むか》え入《い》れる。

「とんでもない。さぁ、どうぞこちらへ」

亮真は部屋の一角に設《しつら》えられた応接用のソファーにユリア夫人を案内する。

「失礼いたしますわ」

そう言うとユリア夫人はソファーに深々と腰を下ろした。

「どうぞ……」

何時の間に用意したのか、ローラが二人の前に紅茶の入ったカップを置いた。

「あら、ありがとう」

ごく自然な態度と言葉。

小さく頷いて謝意を表すと、ユリア夫人はほんのわずかな警戒《けいかい》の色すらも浮かべる事もなく、カップに口を付ける。

「ふふ……やっぱり……ね」

ユリア夫人の唇《くちびる》から微かな笑いが漏《も》れた。

それはキルタンティア皇国産の紅茶が持つ、特有の味と香《かお》り。

たった一杯《ぱい》の紅茶だが、そこには様々な意味が込められている。

(随分《ずいぶん》としゃれた真似《まね》をする子だわ……外連味《けれんみ》に富んでいるというか……でも、嫌味《いやみ》ではないわね)

確かにそれはただの紅茶でしかない。

だが、そこに含まれている意味をユリア夫人は瞬時《しゅんじ》に理解する。

そんなユリア夫人に向けて、亮真は笑みを浮かべた。

(どうやら俺の予想は正解だったみたいだな……)

西方大陸の西部に位置するキルタンティア皇国から運ばれてくる紅茶は、その運搬距離《うんぱんきょり》の長さからローゼリア王国内では非常に高価な品だ。

そして、亮真とザルツベルグ伯爵が裏取引をした二度目の会談の際に、ユリア夫人は意図的にこの紅茶を出した。

亮真とシモーヌが接触《せっしょく》した時に、彼女《かのじょ》がキルタンティア産の紅茶を出した事を知っていたからだ。

勿論、そこには亮真とシモーヌ・クリストフが接触した事に対しての警告の意味があったのだろう。

そんな意味を持った紅茶を出す事を亮真は選んだ。

あれ以来、亮真はシモーヌとの接触に細心の注意を配るようになった。

城塞都市イピロスの下町で娼婦《しょうふ》に扮《ふん》したシモーヌと連れ込み宿で密会したのは、今思い返せばよい思い出と言える。

ただどちらにせよ、亮真とシモーヌが接触した事を非難するような言葉をユリア夫人は表立って口にした事はないのだ。

「今にして思えば、あれはクリストフ商会から情報が洩《も》れているという事を暗に示唆していた。

そう言う事なのでしょうね」

その言葉にユリア夫人は沈黙で答える。

勿論、亮真も答えを期待しての問いではない。

(まぁ、答えないだろう……な)

ユリア夫人にしてみれば、夫を裏切っていたという証になるのだから。

だが、二人にはそれだけで十分に互いの意思を察する事が出来た。

「まぁ、事の真偽《しんぎ》はさておき、この場で出すならそれでなければと思いましてね」

「そうね……男爵様の言われる通りだわ」

両者の間に漂《ただよ》うのは実に和《なご》やかな雰囲気《ふんいき》。

だが、それは本来であれば異常と言えるだろう。

何しろこの二人の関係は、一ヶ月半程前に夫を殺された妻と、その夫を殺した当事者と言う間柄《あいだがら》なのだから。

しかし、ユリア夫人に御子柴亮真への恨みなど欠片もない。

少なくとも、そう感じさせる穏やかな物腰《ものごし》だ。

「不思議な物ですね……男爵様と初めてお会いした時、私は漠然《ばくぜん》とした何かを感じたのは確かです。ですが、まさか本当にこんな日が訪れる事になるとは考えもしませんでしたわ。それも、これほど早くとは……」

「ええ……それは、俺も同感ですよ」

感慨深《かんがいぶか》げに呟《つぶや》くユリア夫人に亮真は深く頷いて見せた。

「まずは、我《わ》が父ザクス・ミストールの恭順《きょうじゅん》をお認め下さった事に対して、男爵様へ深くお礼を申し上げます」

そう言うと、カップをテーブルに戻《もど》したユリア夫人はソファーから腰を上げ、深々と亮真に対して頭を下げた。

伯爵夫人が新興貴族の男爵に対して頭を下げる。

身分制度の厳格な大地世界においては、まず考えられない光景だろう。

だが、両者の間には何処にも不自然さがない。

亮真はそんなユリア夫人の態度を当然の様に受け止めている。

それはまさに両者の力関係を如実《にょじつ》に表していた。

「なぁに、貴方《あなた》も御父上《おちちうえ》も実に良い仕事をしてくださった。俺がザルツベルグ伯爵と雌雄《しゆう》を決する覚悟《かくご》を決めたのもお二人が居たからこそですからね。それに、大きな反発もなくイピロスの占領が順調に進んでいるのも、お二人の功績が大きい事は分かっています。お礼を言うのはこちらの方ですよ」

それは決してお世辞などではない。

北部十家の内情や、城塞都市イピロスの状況などをユリア夫人やその父親であるザクスは事ある毎《ごと》に亮真へと報告していた。

ザクス・ミストールから内応したいとの密書を受け取った時は、初め何の冗談だと訝しみ、次に謀略《ぼうりやく》の可能性を疑ったものだがそれも今は昔の事だ。

確かに、伊賀崎《いがさき》衆による情報収集は行っていたが、それには限度がある。

特に、戦端《せんたん》が開かれてからは、ザルツベルグ伯爵側も警戒を強化している。

城下の情報はさておき、ザルツベルグ伯爵や北部十家の思惑《おもわく》などに関しては、伊賀崎衆だけでは情報を集める事は難しかった筈だ。

仮に手に入れられたとしても、相応の被害《ひがい》が伊賀崎衆に出ただろう。

それに、戦後処理に関しても二人は亮真に対して非常に協力的だ。

ザクスやユリア夫人の協力が無ければ、これほどイピロスの占領がスムーズに進んだとは思えなかった。

「過分なるお言葉、恐れ入ります。今後は、私も父も御屋形様の手足となって忠義を尽《つ》くしたいと思っております」

亮真の言葉にユリア夫人はもう一度深く頭を下げた。

実に真摯《しんし》な態度だ。

実際、ユリア夫人が口にした御屋形様と言う呼称《こしょう》から見ても、彼女が本気で亮真に仕えるつもりなのは見て取れるだろう。

少なくとも表面的には。

(勿論、うわべを取り繕《つくろ》っている可能性もあるが、今までのところは彼女達《かのじょたち》親子に不審《ふしん》な動きはない。行動を監視している厳翁達《げんおうたち》からも問題ないとの報告が来ている以上、このまま使うべきだろうな……だがまぁ……問題はどう使うか……だな)

御子柴男爵家の中で書類仕事が出来る人間は限られている。

何せ、この大地世界での識字率は極めて低い。

平民階級では自分の名前すら書けない人間が殆どだろう。

当然の事ながら、四則演算ができる人間はもっと少ない。

だが、内政の多くには文字の読み書きと共に計算も求められてくる。

リオネやボルツをはじめとした紅獅子《べにじし》の団員達は気心が知れており信頼出来るし、彼らの戦闘《せんとう》能力も高いのだが、こういった書類仕事には不向きな人材と言える。

そんな中で、ユリア夫人とザクス・ミストールの親子は御子柴男爵領の内政において、現状で最高の能力を持った逸材《いつざい》と言えるだろう。

何せ、ユリア夫人はザルツベルグ伯爵家に嫁《とつ》いで以来、実質内政の最高責任者であったし、その父親であるザクスの方は新興のミストール商会を切り盛りし、イピロスの商会連合の長《おさ》にまで上《のぼ》り詰《つ》めた怪物だ。

単に文字が書けるとか、計算が得意と言うだけではなく、法務や事務、経理などを任せるにはまさにうってつけの人材。

確かに、両者共に油断ならない人間ではある。

だが、有能であるという点においては誰からも異論は出ない。

それに、リオネ辺りは懐疑的《かいぎてき》だが、亮真はザクスやユリア夫人に対して、そこまでの警戒はしていなかった。

実際、ザクスからの密書が届かなければ、亮真が北部十家の制圧を決意する事はなかっただろうから。

(二人がザルツベルグ伯爵に対して不満を持っていたと言うのも嘘《うそ》じゃないだろう。だから彼を討ち果《は》たした俺《おれ》に対して憎《にく》しみを持っていると思えない……なら、二人を御《ぎょ》せられるかどう

かは俺の器量次第……て、ところか)

そんな思いが亮真の心に過る。

恨まれていないのは本当だろう。

ただし、だからと言って二人が本気で自分に従うかどうかは別問題なのだ。

(その辺は勘違《かんちが》いしないようにしておかないとな)

とは言え、今は猫《ねこ》の手も借りたいような状況。

それが猫ではなく虎《とら》ならば、亮真としては望むところだ。

「えぇ……お二人には今後も色々とお力をお借りすると思います。何せ俺の家臣で内政に長《た》けている人間は極めて限られていますからね」

そう言うと、亮真は苦笑いを浮かべて見せた。

「はい、心得ております。既に父から商会連合を通じ、商人の中から若手の有能株をこちらへ派遣《はけん》する手筈《てはず》を付けておりますので……ただ……」

そう言うと、ユリア夫人は困った様な表情を浮かべる。

「人数的に厳しいですか?」

亮真の問いに、ユリア夫人はゆっくりと頷いた。

「はい……通常であれば問題ない数なのですが、今回は少しばかり……」

「成程……まぁ、そこはシモーヌの方と連携《れんけい》して何とかします」

「畏《かしこ》まりました」

シモーヌ・クリストフの名前を聞いた瞬間、亮真の目にはユリア夫人の顔が一瞬《いっしゅん》だけ強張《こわば》った様に映った。

(成程……やはり今までの経緯《けいい》を気にしている訳か)

ユリア夫人の実家であるミストール商会とシモーヌの率いるクリストフ商会は犬猿《けんえん》の仲と言っていいだろう。

より正確に言えば、商会連合の長の座をザクス・ミストールに奪《うば》われた結果、シモーヌの父親は急速に呆《ほう》けてしまった。

その上、クリストフ商会に対して、様々な圧力を掛《か》けていたのは事実なのだ。

急に仲良くしろというのは無理であろうし、亮真自身もそんな理想は望んでいない。

(商売人同士の仁義なき戦いという奴《やつ》か……まぁ、俺は最悪、シモーヌの親父《おやじ》さんに毒でも盛っているんじゃないかと思ったが、それが杞憂《きゆう》だっただけマシかも……な)

弱った敵に追い打ちをかけて止《とど》めを刺《さ》すのは兵法《ひょうほう》の基本だが、ザクスも毒殺までは企《くわだ》てなかったらしい。

それだけでも亮真にとっては朗報と言えるだろう。

流石《さすが》に暗殺を企てた側の人間と、標的にされた側の人間を一緒《いっしょ》に管理するのは無理だ。

(ユリア夫人はザルツベルグ伯爵と結婚《けっこん》する前は、シモーヌとそれなりに親交があったという話も聞いたから、その辺は加減していたのだろうな)

亮真が初めて商館を訪れた際に感じたが、ユリア夫人はクリストフ商会の商売に圧力を掛けではいたのは事実だろう。

顧客《こきゃく》との取引を妨害《ぼうがい》もしていた。

しかし、そこまでやっても、本気で潰す気はなかったのだろう。

（それこそ、放火も暗殺もやる気になれば出来ただろうし）

どちらかと言えば、嫌《いや》がらせを繰り返《かえ》す事で、イピロスから出て行ってほしかったと見る事も出来る。

（まぁ、これぱっかりは本人に聞いて確かめるしかないけどな）

ただ真偽はともあれ、最後の一線さえ越《こ》えていなければ、関係修復の余地がある筈だ。

「安心してくださって構いませんよ。ローゼリア北部の商圏《しょうけん》は今まで通りザクス・ミストールさんに任せるつもりです。勿論、クリストフ商会と連携はして貰いますがね。それでも、商品の流通を考えれば今まで以上の商売が出来る筈ですよ」

その言葉にユリアは驚《おどろ》きを隠《かく》せなかった。

「ありがとうございます……ですが、よろしいので？」

「ええ、構いません。法に従い良識と節度を守ってくだされば……という但《ただ》し書《が》きは付けさせていただきますがね」

ユリアの問いに亮真は含みのある返しをする。

少なくとも、亮真はミストール商会が豊かになる事を拒《こば》もうとは思っていない。

商人に限らず、人は誰しも豊かになりたいからこそ努力をするのだから。

だがそれは、どんな手段を用いても良いという事ではないし、豊かさにも限度がある。

亮真は金持ちという存在を全て否定するほど青臭《あおくさ》くないが、餓死《がし》寸前の人間を前に食べ物の一つも恵《めぐ》めない様な心の金持ちを許せる程には大人でもないのだ。

「それはつまり……今後施行されるという……例の……」

それは、先の戦が終結してから直《す》ぐに、北部一帯の商圏を支配する商会連合に対して通達された話だ。

その内容は、あくまでも簡単な概要《がいよう》程度の物だったのだが、その話を聞いた各商会の長達《おさたち》は皆《みな》、血の気が失《う》せ顔面蒼白《そうはく》となった。

実際その内容を聞いて笑っていたのはただ一人、ユリア夫人の父親であるザクス・ミストールその人だけだ。

「えぇ……まだたたき台の状態ですから色々と修正は入りますが、基本的な方向性は先日お伝えしている通りです。皆さんの商売に関してあれこれ制約をする気も圧力を掛けるつもりもありませんが、それはあくまでもあれに従っていただくのが前提の話です」

「もし法を無視すれば？」

「勿論、力で潰させてもらいます」

その言葉にユリアは思わず息を呑んだ。

この大地世界における商売の基本は都度の契約《けいやく》。

ローゼリア王国の法でも個々の契約を優先するという記載《きさい》しか存在しないのだ。

一見、悪い事ではないように思える。

一度約束を交《か》わしたのならば、それがどんな内容であっても守るべきと言うのは、一定の合理性があるだろう。

しかし、それには落とし穴がある。

簡単に言ってしまえば、どんな馬鹿《ばか》げた契約であっても、一度結んでしまえばそれが最優先されるという事でもあるのだ。

借金をする際の金利にも上限はないし、違約《いやく》をした際の賠償《ばいしょう》に関しても契約を結んだ段階で取り決めてなければそのまま賠償をする必要もない。

極端《きょくたん》な話、金での返済が不可能な場合は命で支払《しはら》うという類《たぐい》の契約でも、双方《そうほう》が合意した場合は成立してしまうのだ。

英文学の作家であり、十六世紀は後期英国ルネッサンス時代を代表するウィリアム・シェイクスピアが書いた有名な喜劇である【ヴェニスの商人】そのままだと言えるだろう。

まぁ、出来ない事を約束するなと言うのは、親が子供をしつける時に良く口にする言葉ではある。

安易な約束などした方が悪いという見方も出来るだろう。

商売に関しての契約もそれと同じ事だ。

だが、それらの契約は必ずしも対等の立場で交わされる訳ではないという点は、あらかじめ押《お》さえておく必要があるだろう。

例えばユリア夫人の実家であるミストール商会は城塞都市イピロスでも一番の大店《おおだな》だ。

当然の事ながら、取引する商会の数も桁違《けたちが》いだ。

それらの取引相手は、大抵中堅《たいていちゅうけん》から大店に属する様な店が多いのは確かだ。

だが、中には露店《ろてん》の小売商や村々を回る行商も居る。

彼等の商売は銅貨一枚の利益をコツコツと地道に積み重ねていくような商《あきな》いだ。

そんな彼等と、大店と言われるミストール商会との間で交わされる契約が本当に対等だろうか。

それに対して、亮真が今度施行《しこう》しようと準備している法は、それらの慣例化された商売の方法に一石を投じるものだ。

金利の上限設定に始まり、貸しはがしの禁止など、複数の項目《こうもく》にまたがる。

当事者間の交わした約束や契約を尊重する一方で、そう言った諸々《もろもろ》に一定の制限が掛かるという事になるだろう。

(確かに今までとはやり方を変える必要は出てくるでしょうね)

施行される法に熟知する専門の人間を専属で配置するべきだと言うのが、今現在のユリア夫人の見立てだった。

それに加え、運用が回り始めるまでの初期投資も必要だ。

それら諸々の全《すべ》てを合算すると、ミストール商会の大店であっても、躊躇《ためら》われる金額になるだろう。

(でも、話を聞いた限りでは利点もあるわ……)

勿論、それはあくまでユリア夫人が亮真からたたき台を聞いた時に感じた、個人的な感想でしかない。

しかし、ミストール商会が今後商売をする上で、有利な面も出てくるだろう。

特に、金利や賠償額《ばいしょうがく》の上限を決めると言うのは悪くない。

また、法による支配は確かに商人達の自由を阻《はば》む鎖《くさり》である一方で、多くの利益と安全を約束してくれる。

法とは、法を作り出した存在にも適用されるからだ。

つまり、御子柴男爵家《だんしやくけ》との取引に関しても、一定の線引きが出来る様になるというのは、貴族階級との取引で無理難題を押し付《つ》けられることの多い有力な商家にとってはかなり魅力的《みりよくてき》と言えるだろう。

勿論、それが施行されたからと言って、全てが劇的に変わるではない。

今回の法が及《およ》ぶ範囲《はんい》は、あくまでも御子柴亮真が支配する領地だけなのだから。

だが、問題なのはそれを一地方領主が施行するという事の意味だ。

(確かに、貴族には自分の領地に対しての自治権があるし、かなり自由な裁量も出来る様になっているけれど……)

ユリア夫人の知る限り、亮真が作ろうとしている法はその自由裁量の許される範囲を超《こ》えている様に思えた。

国の経済そのものに対して影響《えいきょう》が出かねない話なのだから。

基本的に、そのあたりの法律関係に関しては、全てローゼリア王国の国王が定めた法典に記載されている。

そして、その中には貴族に関して求められる責任や義務などに関しても厳格に定められているのだ。

また、その法典には自領地に対してのみとされているものの、司法、立法、行政や軍事などに関して、領主が独自に決める事の出来る自由を保障していた。

何しろ、大地世界において通信手段は限られている。

手段としてパッと思いつくものと言えば、狼煙《のろし》に伝令、手紙の送付に鳥文と言ったところだろうか。

そのどれもが、通信手段としては極めて限定的であると同時に不安定なもの。

何せ、この大地世界には怪物と呼ばれる存在が徘徊《はいかい》し、街道《かいどう》には野盗が出没《しゅつぼつ》するのだから。

現代社会の様に二十四時間、三百六十五日、国境をまたいで通話や通信が出来る様な環境《かんきょう》ではないだろう。

だから、王都近郊《きんこう》であるならばともかく、遠方の領主にまで王宮から事細かな管理は不可能だし、逆に非効率的なのだ。

特に、刻一刻と戦況《せんきょう》の変わる国境線に近い貴族には、ローゼリア王国のみならず、西方大陸に割拠《かっきょ》する全ての国で、かなり裁量を認める権限を与《あた》えているのが常識だった。

何しろ、この西方大陸では好むと好まざるとに拘《かかわ》らず、国は領土の拡張政策を行うより他に生き残る道はない。

黙《だま》って殻《から》に籠《こも》り専守防衛を謳《うた》ったところで、周辺諸国が侵略《しんりゃく》の矛先《ほこさき》を向けない訳ではないし、防衛に徹《てっ》すれば一時は延命する事も可能だろうが、何《いず》れはジリ貧になって国は滅《ほろ》ぼされる羽目になる。

何かを守ると言うのは、敵と戦って殺すという事よりも遥《はる》かに過酷《かこく》で難しい。

それは、個人でも国でも同じ事だ。

例えば、武道において、神武不殺という考え方がある。

元は易経《えききょう》という中国の書物に書かれていた言葉で、多少語弊《ごへい》はあるかもしれないが、神の如《ごと》き強さを備えたものは、無益な殺生《せっしょう》をしないで、その徳をもって制するという意味が一番近い解釈《かいしゃく》だろう。

そこから転じて、日本の武道では敵を殺さずに無力化する事を武の神髄《しんずい》とするものが多い。

恐らくだが、武を単に殺生の道具としてはいけないという意味でもあるのだろう。

また、武術や武芸と呼ばれるものが、時代と共に、単なる武器や立身出世の道具としてではなく、人が生きる道を説くようになった影響もあるのかもしれない。

だが、この神武不殺という言葉を逆に考えてみた時、意味は大きく変わってしまう。

すなわち、神の如き強さを持たない人間がその身を守る為《ため》には、敵を殺さなければ、その身を守れないという意味にも取れない事はないのだ。

これはある意味、理想に唾《つば》する捻《ひね》くれた解釈なのかもしれない。

だが、現実は常に理想を打《う》ち砕《くだ》くものだ。

実際、専守防衛を国家戦略に掲《かか》げた国は西方大陸の歴史の中で幾《いく》つか存在していたが、今では全て亡《ほろ》ぼされてしまっている。

それらの国の中で最たるものと言えば、オルトメア帝国《ていこく》の皇帝《こうてい》ライオネル・アイゼンハイトが滅ぼしたテーネ王国だ。

（あの国が掲げた国策と真逆の考え方ね……いえ、ある意味では同じなのかしら？）

それは、戦禍《せんか》に喘《あえ》ぐ民衆の願いだったのか、はたまた誰《だれ》かの意図が働いての事か。

専守防衛とは聞こえがいいが、それはあくまでも理想でしかない。

それも、強者だけが夢見る事の出来る理想だ。

そして、テーネ王国は残念な事に、そんな理想を掲げるには弱すぎる存在だったのだ。

いや、弱くなったという方が正しいだろうか。

元々、テーネ王国は西方大陸中央部に割拠する王国の中では中規模の国力を誇《ほこ》っていた国で、国政や国家体制そのものは他の国とさほど変わらなかった。

取り立てて目立った特徴《とくちょう》など持たない平凡《へいぼん》な国。

それが、変わったのは今から六十～七十年ほど前の事。

隣国《りんごく》との領土戦争に敗れた事を切《き》っ掛けに、テーネ王国と言う国は、大きく方向転換《てんかん》を始める。

周辺諸国との融和《ゆうわ》を謳い、自国の平和と安寧を願ったこの国は、隣国に戦を仕掛《しか》ける事を避《さ》ける様になった。

対話を重視し、軍事的な手段による問題解決を嫌《きら》ったのだ。

そして、つまらない小競《こぜ》り合《あ》いからの隣国と戦になる事を恐《おそ》れた彼等は、貴族達に与えていた自治権の多くを制限し始める。

まぁ、勝手に国境付近で戦を始められ、なし崩し的に戦が拡大しては困るという理屈《りくつ》は分からなくもない。

それに、経済的な発展を求めるのであれば、貴族の領地を跨《また》ぐ毎に法律や税金の額が異なるのは悪手でしかないのも事実だろう。

国内統制と言う意味からしても悪くない考えだ。

とは言え、貴族の多くは国王に反発した。

自らの権限を制限される事を望む人間はまずいない。

しかし、戦に次ぐ戦で国が疲弊《ひへい》していた事実も有っての事だろうが、当時のテーネの国王が打ち出した変革を国民の大多数が喝采《かっさい》で迎える。

そして、その結果は必ずしも悪い事だけではなかったのだ。

少なくとも、テーネ王国の国民は軍役《ぐんえき》に駆《か》り出《だ》されずに済んだし、その領土の大きさに比べて不相応な程の経済的発展を遂《と》げたのだから。

当初こそ変革を嫌った国内貴族との戦はあったにせよ、テーネ王国が戦乱に喘ぐ西方大陸において、二十年以上もの間、大きな戦を経験する事なく平和を享受《きょうじゅ》する事が出来たのはまさに奇跡《きせき》と言っても過言ではないだろう。

しかし、彼等は理解していなかった。

貧しい者、弱い者にとって、富める者、強き者を蹴落《けお》とし喰《く》らい尽くす事こそが、正義なのだという事に。

そして、富める者でありながら、戦で血を流す覚悟のない者に真の平和は訪れないという現実を。

結果、故国復興と言う大義を掲げ、戦争の火蓋《ひぶた》を切った若きライオネル・アイゼンハイトの手に因《よ》って、テーネ王国の平和な日々は終わりを告げる。

そして、疾風怒濤《しっぷうどとう》の如きライオネルの猛攻《もうこう》の前に、満足な防衛網《ぼうえいもう》も整えられないまま国境を突破《とっぱ》された結果、完膚《かんぷ》なきまでに粉砕《ふんさい》されてテーネ王国と言う名前は歴史の流れの中から消えたのだ。

勿論《もちろん》、ライオネルの話は極端な例ではある。

だが、戦は機を窺《うかが》う事が全てであるという良い証明にはなるだろう。

また、貴族達に与えられた自由が、国家の繁栄《はんえい》と安全に必須《ひっす》であるという事を示唆《しさ》している事は間違《まちが》いない。

とは言え、その自由は全ての貴族に対して無条件に与えられるという訳でもないのだ。

当然の事ながら、爵位《しゃくい》や領地の位置に因ってても範囲が異なってくる。

（まぁ、それはそうよね）

ユリア夫人がもし仮に国王であったとしても、貴族達に対して一律の自由裁量など認めはしない。

勿論、王都から遠く離《はな》れた国境に近い領地であれば、火急の際にいちいち王都まで伝令を出してはいられないと言うのは理解出来る。

だが、王都近郊の領主にそこまでの自由を与える意味はハッキリ言ってないのだ。

いや、逆にそれを認めてしまえば、国家は国家としての意味を持たなくなる。

では、御子柴男爵家の場合はどうだろう。

（南部にあるウィンザー伯爵《はくしゃく》の領地などに比べれば近いけれども、御子柴男爵家の領地は王都からそれなりに離れている。そう言う意味からすれば、貴族として最下級の男爵位《い》とは言えそれなりの裁量権は認められる筈……それでも、やはり……）

問題は、そのユリア夫人が抱《いだ》いた懸《け》念《ねん》を、目の前で悠然《ゆうぜん》と笑みを浮《う》かべている老《ふ》け顔の青年が理解しているのか、理解していないのかと言う点だ。

（まぁ、理解していない訳ないわよね……となると……）

そうなると、最終的な狙《ねら》いは何か。

そんな疑問が脳を過《よぎ》った瞬間《しゅんかん》、ユリア夫人は全てを悟《さと》った。

（そうか……そう言う事ね……）

それは何か理由が有っての事ではない。

しかし、断片的《だんぺんてき》な欠片《かけら》が繋《つな》がり、ユリア夫人の脳に強大な絵を描《えが》き出したのだ。

それは、この大地世界に生きる人間には決して描く事の出来ない未来図だ。

（この方は違う……あまりにも異質だわ）

ユリア夫人は目の前で穏《おだ》やかな笑みを浮かべる男に対して、何か得体のしれない恐怖《きょうふ》を感じながらも同時に体の奥《おく》から湧《わ》き上《あ》がってくるような高揚《こうよう》も感じた。

そして、小さくため息を一つつくと、机の上に置かれたカップへと手を伸《の》ばす。

まるで早鐘《はやがね》の様に打ち鳴らす、己《おの》が心臓の鼓動《こどう》を少しでも落ち着ける為に。


その日の夜の事だ。

ミストール商会の商館の一室で、亮真との会談を終えたユリア夫人から御子柴亮真との会談結果を聞き、この商館の主《あるじ》であるザクス・ミストールは満足げに頷《うなず》いた。

「なる程《ほど》な……面白《おもしろ》い。発想が実に奇抜《きばつ》だな……目の付け所も良いし実行力もある。出来れば私の息子《むすこ》になっていただきたいものだな……もしそうなれば、我がミストール商会は更に発展出来ただろうに……つくづく惜《お》しい事だ。あれほど商人としての才覚に恵《めぐ》まれていながら……うむ、実に惜しいな」

それは一代にして巨万《きょまん》の富を築き、商人として大成功を収めたザクスにとって、最大級の誉《ほ》め言葉だ。

しかし、その言葉を聞き流せない人間も居る。

「お父様！」

ザクスの言葉を聞いた瞬間、ユリア夫人は形の良い眉《まゆ》を吊《つ》り上げて叫《さけ》ぶ。

普段《ふだん》からあまり感情を表に見せないユリア夫人にしては珍《めずら》しい行動と言えるだろう。

だが実際のところ、今のザクスの発言はかなり不謹慎《ふきんしん》と言っていい。

それは、領主に対してある意味では不敬ともいえる言葉だ。

この大地世界は、江戸《えど》時代の士農工商の様に細かくはないが、騎士《きし》や王侯《おうこう》貴族を頂点とした階級社会である事に間違いはないのだから。

聞き様によっては、領主としての適性が無いと誹謗《ひぼう》したとも受け取られかねない。

気の回し過ぎだと笑われるかもしれないが、今のユリア夫人達の立場を考えれば、そうとも言い切れない部分があるだろう。

（それに……あの方を息子にするには……）

勿論、ユリア夫人は美しい女性だ。

誰もが、彼女の美しさを否定などしない。

確かに亮真は未《いま》だに二十を一つ二つ越えたあたりに対して、ユリア夫人は三十を越えている。

年齢差《ねんれいさ》としては一回りかそれ以上の差だ。

だが、正室は難しくとも側室であれば可能性がない訳ではない。

実際、大地世界ではこの程度の年齢差はそう珍しくはないのだ。

まぁ、大抵《たいてい》は男の方が身代を築くのに時間が掛かり、四十辺りで十代後半の嫁《よめ》を探すというのが大半ではあるが、身分の高い女性の場合は若い男を婿《むこ》にする場合も有り得る。

いや、清楚《せいそ》な中にも妖艶《ようえん》な魅力を放つユリア夫人であれば、十分にその任を担う事が出来るだろう。

しかし、だからと言ってユリア夫人を亮真の下《もと》へと送り込むと言うザクスの言葉はかなり乱暴な意見だ。

何しろ、ユリア夫人は夫を亡《な》くしてから、月日がそう経《た》っていない。

(確かに、私はあの夫を愛していた訳ではないし、御屋形《おやかた》様は器の大きなお方。私達の今後を託《たく》すに足る人間だとは思うのだけれど……)

だからと言って、夫を殺された未亡人がその殺した相手に嫁ぐと言うのはあまりにも外聞が悪すぎる。

ただでさえ、ユリア夫人はローゼリア王国の貴族社会では【毒婦】とも【烈女《れつじょ》】とも目されているのだ。

勿論、伯爵家《はくしゃくけ》を維持《いじ》する為に、勝者に敗者の妻が嫁ぐという事は有りうる。

だが、それはあくまでも緊急《きんきゅう》手段だ。

必要以上に衆目を集めるのは、新たな主にとっても好ましい事とは言えないだろう。

だから、ユリア夫人が思わず声を荒《あら》らげるのは当然なのだ。

だが、そんなユリア夫人の反応をザクスは面白そうに眺《なが》めている。

「冗談《じょうだん》だ。本気にするな……」

そう言って軽く顔の前で手を振《ふ》る。

だが、次の瞬間ザクスは浮かべていた笑みを消した。

「いや、それとも本気にした方がいいのか？」

そして、ユリア夫人へ探《さぐ》る様な視線を向ける。

「お前には長年苦労を掛けた。私に出来る事があれば何でもするつもりだ。それにお前はまだ女盛り。親の欲目かもしれないが、容姿にも優《すぐ》れているし何よりもあの方の力になれるだけの才がある。もし本当に結ばれる事を望むのであれば、私からあの方へ話を通す事も出来るが？」

それはトーマス・ザルツベルグ伯爵に求められるがまま、娘《むすめ》を生贄《いけにえ》に出した父親の心からの言葉だ。

実際、それはザクスの様な幾多《いくた》の修羅場《しゅらば》を潜《くぐ》り抜《ぬ》けてきた海千山千の商人であっても、看過出来ない悔《く》いだった。

確かに、当事者間での自由恋愛《れんあい》など、大地世界ではなかなか難しい。

大地世界における婚姻《こんいん》とは、家と家との結びつきだから。

当然そこには、相手の家が保有する経済力や権力と言った物を考慮《こうりょ》に入れた打算が入る。

簡単に言ってしまえば政略結婚という奴だ。

そう考えた時、確かに現代人が一般的《いっぱんてき》に考える愛はない。

とは言え、その結婚が当事者にとって必ずしも不幸とは限らないという点を忘れるべきではないだろう。

最初は望まぬ結婚であっても、結果的に愛が生まれる場合もある。

愛とは、時間に因って育《はぐく》まれるものだからだ。

それに、如何《いか》に政略結婚とは言え、最初から娘が不幸になる事を望んで嫁がせる親はいない。

だが、そんな親心も虚《むな》しく、トーマス・ザルツベルグ伯爵との結婚でユリア夫人が得たのは、屈辱《くつじょく》と苦痛だけだ。

父親として、娘をそんな状況《じょうきょう》に追いやってしまった事を、悔《くや》むのは当然だろう。

しかし、そんな父親の心を嬉《うれ》しく思いながらも、ユリア夫人はゆっくりと顔を横に振った。

「お父様のお気持ちは嬉しいのですが……」

確かに、ユリア夫人とザルツベルグ伯爵の間に愛はない。

だが、それでも夫と呼んだ人間が死んでしまった事に因る衝撃《しょうげき》は少なからず存在しているのだろう。

(もう一度誰《だれ》かの下へ嫁ぎたいという気持ちが無いとは言わないけれど、今はどんな仕事でも良いから、思いっきり仕事をしたいという気分だわ……もし、誰かと再婚《さいこん》をするのであればそれはずっと先の未来の話……)

ザルツベルグ伯爵という男がただの記憶《きおく》に過ぎなくなるまでは、仕事に打ち込みたいと言うのがユリア夫人の偽《いつわ》らざる気持ちだった。

その日がいつ訪《おとず》れるか。

それが一年後なのか、十年後なのか。或《あ》いはユリア夫人の下に死神が現れるその日まで、その日はやってこないかもしれない。

それに、ユリア夫人の美貌《びぼう》はどれほど手入れをしたところで、確実に衰《おとろ》えていく。

今はまだ若くとも、老いから逃《のが》れる術《すべ》はないのだから。

(それでも……もし、運命の女神《めがみ》が私を憐《あわ》れんでくれるのであれば……)

それは無謀《むぼう》な賭《か》けなのかもしれない。

「そうか……まぁ、時間は十分にあるから、落ち着いて考えればいい……」

そんな娘の気持ちを察したのか、ザクスは深く頷くと話題を変えた。

「ところで、話を元に戻すが、法の整備の話から察するに、どうやらあの方は本気で自分の国を創《つく》るつもりのようだな……それも、今まで誰も目にした事のない国を……だ」

ザクスの言葉にユリアは深いため息をつく。

「やはり……そうですか」

それは、ユリア夫人自身も朧気《おぼろげ》ながらに感じていた事だ。

だが、それを第三者から告げられると、改めて事の重大さを否応《いやおう》なく認識《にんしき》させられて心が押し潰《つぶ》されそうな感覚に襲《おそ》われる。

しかし、ユリア夫人とは対照的にザクスは楽しそうに笑い声をあげる。

「村々を襲い、多数の難民をイピロスに集中させたのも、これを見越《みこ》しての事だろうな」

領内に点在する村々を回って戸籍簿《こせきぼ》を作成するよりも、一ヶ所《かしょ》に人を集めて作る方が楽なのは自明の理だ。

それに御子柴亮真は、そんな難民達が元々暮らしていた村に戻る事を禁じた。

元々持っていた財産に等しい畑や家を亮真が与えるという条件である為、さほど大きな混乱はないが、御子柴男爵家にとっては大きな負担の筈《はず》だ。

「単にイピロスの治安を低下させる事や、食料の消費を加速させる為ではなかったという訳ですね」

「あぁ、勿論それもあっただろうが、私の見たところそれだけではないな。恐らくだが、一つの布石が二手先にも三手先にも影響を与えている……イピロスに流れ込んで来た流民《るみん》の群れを、元々暮らしていた村へ戻さないというのも、恐らくは反乱の抑止《よくし》も視野に入れての措置《そち》だろう……勿論、あの方の狙いがそれだけだとは限らないが……な」

そう言うと、ザクスは一息にワイングラスを傾《かたむ》ける。

その脳裏には、年若き主が描《えが》き出そうとしている未来図が朧気ながらに浮かんでいた。

その瞬間、ザクスは体の奥底から熱い何かが沸きあがってくるのを感じる。

それは、久しく忘れていた感覚だ。

そして、ザクスは視線をユリア夫人へと向ける。

「そうなるとやはり、早急《さっきゅう》にクリストフの娘と話を付ける必要があるようだな……ユリア、済まないがお前の方から出向いて話を付けてきてくれないか?」

「私がですか?」

ユリア夫人がザクスに尋《たず》ねる。

実際、ミストール商会の商会長は未だにザクスだ。

謝罪と今後の相談と言う事であれば、ザクス本人が出向いた方が確実だろう。

しかし、そんな当然の言葉にザクスは首を横に振った。

「ザルツベルグ伯爵の圧力があったとはいえ、今更《いまさら》私が出向いて謝罪したところで逆効果にしかならないだろうからな。それに、お前とあの娘は歳《とし》も近い。以前の付き合いを考えれば、私が行くよりも話が早いだろう」

その言葉にユリア夫人は返す言葉がなかった。

実際、ザクスの読みは正しいのだ。

効率や確実性と言う観点で言えば、まさに適材適所と言えるだろう。

だが、先ほどまで自分を利用した事を後悔《こうかい》していた人間が口にする言葉だろうか。

だが同時に、それくらいの切り替《か》えの速さが無ければ、一代でミストール商会をここまで育て上げる事は不可能だった筈だ。

それに、完全に打算から出た言葉だという訳でもない。

(困った人……)

そんなな父親の姿をユリアはただ黙って見つめ続けた。

苦笑いを浮かべながら。

第四章　双刃《そうじん》の主

それはユリア夫人が父親であるザクス・ミストールと話をした翌日の事。

時刻は正午を少し過ぎたあたりだろうか。

ユリア夫人は父親の言葉に従い、クリストフ商会が構える商館へと足を運んでいた。

勿論、昨日行われた亮真《りょうま》との会談の中で話した事を伝えると同時に、今後の住み分けと共存に関しての話をする為だ。

約束の時間の少し前に着いたユリア夫人は、応対を担当した中年の男性に案内されて商館の三階にある応接室へと通されていた。

（思ったほどは敵意を持たれていないのかしら？　それこそ、取りつく島もなく追い返される可能性だって覚悟していたのだけれども……）

その部屋はかなり豪華《ごうか》な装いの部屋。

設《しつら》えられている家具や絨毯《じゅうたん》はユリア夫人の目から見ても最高級品ばかりだ。

その質から考えても、賓客《ひんかく》との会談の為の部屋である事は一目瞭然《いちもくりょうぜん》だった。

今日の朝一番に来訪の約束を取り付けた際、使者として派遣した従者も口にしていたが、どうやら、ミストール商会に対して敵愾心《てきがいしん》に凝《こ》り固《かた》まっているという訳ではない様だ。

（まぁ、油断するつもりはないけれど……ね）

正直に言えば、ユリア夫人にはシモーヌやクリストフ商会の人間から恨《うら》まれている自覚があった。

確かに、商売は戦《いくさ》に似てはいる。

相手の隙《すき》を突《つ》くのもそうだし、弱った敵に追い打ちをかけるのも同じだ。

だが、だからと言って相手が納得《なっとく》するかどうかは別の問題だろう。

ましてや、今までミストール商会はザルツベルグ伯爵に嫁いだユリア夫人の力を背景にして、相当な圧力をシモーヌ達へ加えてきた。

勿論、最後の一線を越えないように色々と調整はしてきたつもりではある。

だが、それが免罪符《めんざいふ》になるとはユリア夫人自身も考えてはいない。

それこそ、友好的な対応の裏でシモーヌが毒殺の準備をしていたとしても、少しも驚かない位だ。

しかし、そんなユリア夫人の想《おも》いは良い意味で裏切られる事になった。

扉《とびら》が軽く叩《たた》かれる。

「どうぞ」

入室を許可するユリア夫人の言葉の後、扉が静かに開いた。

「お待たせいたし申し訳ございませんでした。ユリア・ザルツベルグ伯爵夫人」

そこに居るのは一人の女。

丁寧《ていねい》に結《ゆ》い上げられた髪《かみ》。

胸元《むなもと》は大きく開いた大胆《だいたん》なデザインだが、あしらわれているレースのおかげか、奇抜さはあまり感じない。

どちらかと言えば、清楚さすら感じさせる白いドレスを身に纏《まと》ったシモーヌ・クリストフが、そこに立っていた。

そんなシモーヌに対してユリア夫人はゆっくりとソファーから腰《こし》を上げると、顔を横に振って見せた。

「気になさらないで。急なお願いにも拘《かか》わらず快く面会のお時間を設けて頂けて、私の方こそ感謝しているのだから」

その言葉を聞いた瞬間、シモーヌの表情が微《かす》かに動くのをユリア夫人は見た。

いや、動いたと感じたという方が正しいのかもしれない。

それは本当にほんの微かな変化。

普通《ふつう》の人間であれば、全く気が付かないレベルだ。

しかし、今まで数多《あまた》の交渉《こうしょう》を自らの手で取り仕切ってきたユリア夫人は見逃《みのが》さなかった。

（こちらの意図は通じた様ね……）

本来であれば、ユリア夫人がシモーヌに謝罪の言葉を口にする必要はない。

ユリア夫人はザルツベルグ伯爵家の正妻。

ザルツベルグ伯爵が死んだ今となっては、この城塞《じょうさい》都市イピロスの名実ともに主だ。

それに対してシモーヌは一介《いっかい》の商会長代理でしかない。

社会的な地位と言う観点で言えば、ユリア夫人の方が圧倒的《あっとうてき》に上位者だ。

それにもかかわらず、ユリア夫人は謝罪の言葉を口にした。

その意味は一つしかないだろう。

とは言え、シモーヌも父親が倒《たお》れた後、商会を切り盛りしてきた烈女だ。

そう簡単に主導権を渡《わた》すつもりはないらしい。

「立ち話もなんですから、どうぞお座《すわ》りください」

そう言うと、シモーヌはユリア夫人の対面に腰を下ろす。

そして、徐《おもむろ》に口を開いた。

「それで……本日の御用件《ごようけん》は何なのでしょうか？」

礼節を守った態度だ。

だが、それが逆にユリア夫人はシモーヌとの間に溝《みぞ》を感じてしまう。

（やはり……いえ、それでも……）

ユリア夫人がザルツベルグ伯爵家に嫁《とつ》ぐ前まで、彼女《かのじょ》とシモーヌとの間にはそれなりの親交があった。

同じイピロスを代表するような商会の娘であり、共に商才に恵まれた才女だったからだ。

勿論、商売敵《しょうばいがたき》ではある。

確かに、友人とは言えなかっただろう。

それでも、時節の挨拶《あいさつ》を交わす程度には付き合いがあったし、パーティーや会食の場などでは、それなりに会話をする仲だったのは確かだ。

強《し》いて言うならば、良き競争相手《ライバル》と言ったところだろうか。

そんな関係が崩《くず》れたのは、ユリア・ミストールがトーマス・ザルツベルグ伯爵の下へ嫁いでからの事だ。

トーマス・ザルツベルグ伯爵という男は、基本的に父親に対して強い嫌悪《けんお》と反発心を抱いていた。

いや、それは嫌悪や反発心を超えて憎悪《ぞうお》や殺意にまで昇華《しょうか》されていた。

勿論、そうなるにはそれなりの理由があったのは確かだ。

そして、その憎悪は実際に父親と己の血を分けた弟を殺《あや》めても尚《なお》、彼《かれ》の心の中に燃え続けていたのだ。

問題は、元凶《げんきょう》であった父親を殺めた後だ。

ザルツベルグ伯爵は徹底的《てっていてき》に父親の痕跡《こんせき》を消そうとした。

領内の政治を顧《かえり》みず享楽《きょうらく》に溺《おぼ》れ、武門の名家と言う家名に泥《どろ》を塗《ぬ》る様な行為《こうい》を続けた根底にあるのは、ザルツベルグ伯爵家と言う家その物への怒《いか》りだろうか。

そして、貴族という存在そのものを嫌悪していたのだろう。

自分自身もまた、その貴族と言う存在から逃れられないという現実に対しての苛立《いらだ》ちと共に。

そんなザルツベルグ伯爵にとって、クリストフ商会はまさしく存在すること自体が許せない

忌《い》むべき敵だった。

何しろ、クリストフ商会は代々この城塞都市イピロスの経済を支えてきた立役者。

ザルツベルグ伯爵家が王国北部の国境守備と、ウォルテニア半島と言う魔境《まきよう》の備えと言う二つの大きな役目を果たす為に、伯爵家の経済状況を圧迫《あっぱく》する膨大《ぼうだい》な軍費の為に困窮《こんきゅう》していても、伯爵家として最低限の体面を維持出来ていたのは、クリストフ商会が陰日向《かげひなた》になって伯爵家とイピロスの経済成長に尽力《じんりょく》してきたからなのだから。

だからこそ、ザルツベルグ伯爵が家督《かとく》を継《つ》いだ後、真っ先にやった事こそ、商会連合の長《おさ》の座を挿《す》げ替える事だった。

ザルツベルグ伯爵にしてみれば、クリストフ商会の存在は、憎《にく》い父親に加担した敵でしかなかったのだろう。

そして、その新たな商会連合長として白羽の矢が立った人物こそ、一代でミストール商会を興《おこ》したザクス・ミストールだ。

最初、話を持《も》ち掛《か》けられたザクスは当惑《とうわく》した。

だが、商売人として商会の拡大を目論《もくろ》んでいたザクスはザルツベルグ伯爵の思惑《おもわく》に乗った。

いや、乗らざるを得なかったという方が正しいだろう。

もし、ザクスがザルツベルグ伯爵の提案を断り、ユリア夫人を妻として送り出さなければ、領主と言う地位を余すところなく発揮して、ミストール商会を文字通り完膚なきまでに潰していただろうから。

噂《うわさ》ではザクスの方が、娘をザルツベルグ伯爵に売り込んだという事になっているが、真相は正反対だ。

そう言う意味からすれば、ザクスはある意味ではザルツベルグ伯爵の被害者《ひがいしゃ》だと言えなくはないし、最悪でも従犯が関の山と言ったところだろう。

とは言え、それがシモーヌ達《たち》にとって意味があるかは正直に言って別の話だ。

犯罪者の境遇《きょうぐう》を聞いたところで、被害者が受けた痛みに変わりはないのだから。

（でも、だからと言って、それで引きさがっては此処《ここ》に来た意味が無いわ……）

先日の会談で、御子柴《みこしば》亮真は、ミストール商会とクリストフ商会が手を取り合う事を望むと言った。

それはつまり、片方に肩入《かたい》れはしないという事だ。

そう言う意味では、御子柴亮真の言葉に嘘《うそ》はないだろう。

ただし、クリストフ商会とミストール商会が本格的に衝突《しょうとつ》した場合は、その言葉が何処《どこ》まで守られるか保証はなかった。

いや、高い確率でミストール商会は御子柴男爵家より排斥《はいせき》されるだろう。

その場合、商会として存続できなくなるまで叩き潰されるかどうかは不明だが、今までの様な商売が不可能になる事だけは目に見えていた。

（新参の私達と、苦楽を共にしたシモーヌのどちらを選ぶかなんて、改めて考える必要なんてないもの……ね）

これは別に依怙贔屓《えこひいき》とか言う話ではない。

きわめて合理的な判断だ。

それでもミストール商会を選んでもらおうと言うのであれば、相応の利か理《ことわり》を亮真へ示す他に道はない。

とは言え、御子柴男爵領の貿易を一手に引き受けているクリストフ商会に利で勝つのは相当に困難だろう。

それよりは理を前面に押し出す方が良い。

そしてこの場合の理とは、正義や道義と言った物とイコールになる。

(勿論、本当に手を取り合えれば一番いいんだけれどもね……)

和解は相手の人間性や考え方にもよるもの。

特に今回の様な事案《ケース》の場合、ユリア夫人もある意味では被害者なのだ。

そこに対して必要以上に正義を振りかざせば、折り合いなどつく筈もない。

しかし、そんなユリア夫人の心配は杞憂《きゆう》だった。

「失礼いたしました。少し意地の悪い言い方をしてしまった様ですね。どうぞお許しくださいませ」

そう言うとシモーヌはユリア夫人へと笑いかける。

それは、普段と変わらぬ柔《やわ》らかな笑《え》み。

そして、卓上《たくじょう》に置かれたベルを手に取ると、軽く二度鳴らした。

シモーヌを訝《いぶか》しそうに見つめるユリア夫人。

そんなユリア夫人に対して、シモーヌはもう一度笑った。

「直《す》ぐにお茶の準備をさせますわ。色々とご相談しなければならない事が山済みなのは分かっていますが、あまり気を張っていても良い交渉は出来ませんから」

そう言うと、シモーヌはユリア夫人の返答を待つことなく、部屋に入ってきたメイドにお茶の準備をするように命じた。

すると、事前に準備されていたのだろう。

メイドが二度手を打ち鳴らすと、扉が開き、ワゴンの列が部屋の中へと入ってきた。

その上に置かれているのは、ティーポットにカップ。

後は、菓子類《かしるい》を色々と取《と》り揃《そろ》えているようだ。

メイド達は手慣れた様子でお茶会の準備を整えていく。

ユリア夫人の前に置かれたカップにもティーポットから赤みがかかった琥珀色《こはくいろ》の液体が注がれる。

その時、ユリア夫人は記憶にある香《かお》りが鼻腔《びこう》を擽《くすぐ》るのを感じた。

(この香りは……)

それは、先日御子柴亮真との会談で出された際に嗅《か》いだ匂《にお》いと同じ。

キルタンティア皇国産の紅茶の香りだ。

(そう、そう言う事ね……まさか、私が以前やった事をそのままやり返されるなんて……皮肉

な物ね）

その瞬間、ユリア夫人は全《すべ》てを悟る。

ただ問題は、それが単なる悪ふざけなのか、それとも悪意ある挑発《ちょうはつ》なのかと言う点だ。

しかし、悠然とカップに口を付けるシモーヌからは、その心の内を読み取る事は出来なかった。

部屋の中の空気が張《は》り詰《つ》めていく。

しかし、そんなユリアにシモーヌは声をあげて笑った。

そして、ひとしきり笑うと表情を一変させる。

そこには、先ほどまでの穏やかな笑みはない。

有るのは商売人としての顔だ。

「申し訳ありません。少し悪戯《いたずら》が過ぎました。ユリア様が御屋形様との会談の際によくお飲みになられると聞いて真似《まね》してみただけです。特に他意はありません」

「そう、なら良かったわ……」

その言葉を聞き、ユリア夫人は満足気に頷いて見せる。

ただし、内心は早鐘の様に脈打つ心臓の鼓動を抑《おさ》えるのに必死だ。

それでも、そんなシモーヌの態度を見て、ユリア夫人はある意味安心した。

（まぁ、悪ふざけと言うのは本当のところでしょうね。多分に意趣《いしゅ》返しも含《ふく》まれているとは思うけれど……まったく……こういうところは昔と変わらないわね。でも、これなら……）

ユリア夫人の知るシモーヌ・クリストフという女性は、普段はおしとやかな顔をして澄《す》ましているが、時折毒を含んだ顔を見せる。

特に、相手が手強《てごわ》いと見た時にはかなり辛辣《しんらつ》な事をする女だ。

だが、相手を敵だと認識した場合は辛辣と言う表現で済ます事はないのだ。

そんなユリア夫人の気持ちを察したのだろう。

シモーヌはおもむろに口を開く。

「それではお遊びはここまでとして、本題に入りましょう。そちらの御用向《ごようむ》きは私共も理解しております」

「そう……それで、クリストフ商会としてはどうされるおつもりかしら？」

ユリア夫人の表情が硬《かた》くなる。

今までの流れから九割方は大丈夫《だいじょうぶ》だと予想がついていても、絶対はないのだ。

これからシモーヌの口から放たれた言葉次第《しだい》で、ミストール商会と自分と父親の運命が決まるとなれば流石《さすが》のユリア夫人でも平然と構えてはいられない。

「そうですね……個人的な感情としては、色々と思うところはあります。ですが、そちらの事情もある程度は理解していますし、何より御屋形様の意向は無視出来ません」

そう言うと、シモーヌは先ほどまでの冷徹《れいてつ》な表情を消し、ユリア夫人に向かってほほ笑む。

「クリストフ商会としては今まで通りセイリオスの街を拠点《きょてん》にエルネスグーラ王国やミストト王国との交易を主軸《しゅじく》とした沿岸部での商《あきな》いに重きを置き、ミストール商会にはローじリア王国を始めとした東部三ヶ《か》国《こく》向けに動いていただく事で交易品の販売網《はんばいもう》などを連携《れんけい》して行ければと考えています」

その言葉を聞いた瞬間ユリア夫人の口から、深いため息が零《こぼ》れた。

それは、淑女《しゅくじょ》として相応《ふさわ》しいとは言えない態度ではあった。

普段であれば、自分の気持ちを露《あら》わになどしない。

しかし、今この時だけは抑えきれなかった。

「そう……ありがとうございます。寛大《かんだい》なお言葉に心から感謝するわ」

「いいえ、こちらも損のない話ですから」

そのシモーヌの言葉に嘘はなかった。

実際、シモーヌとしても他に選択肢《せんたくし》はないのだ。

(今更ミストール商会と全面戦争をしても、銅貨一枚分の価値もないものね……)

ユリア夫人は、己の予想が正しかった事を確信していた。

ミストール商会を潰すと言うのは感情的には悪くない話ではある。

だが、それは商売として考えると悪手でしかないのだ。

今でさえクリストフ商会は忙《いそが》しい。

何しろ、エルネスグーラ王国を盟主とした四ヶ国連合が成立して以来、大陸の北回り航路を使用した経済活動は活発化している。

最初は、クリストフ商会の保有する船だけだったたが、今では大陸各地から船が来るようになっている状況だ。

何しろ、北部のエルネスグーラ王国にせよ、東部のミスト王国にせよ、北回り航路を使う交易にはウォルテニア半島にあるセイリオスの街を補給港として利用するしかないのだ。

また、ローゼリア王国への輸出入に関しても、セイリオスから船を用いる方が速いし大量に荷を運ぶ事が出来る。

当然、多くの商人達がセイリオスの港の使用許可を願い出てくる。

だが、今のところ亮真はクリストフ商会以外にセイリオスの港を使用する許可を出してはいない。

セイリオスの港は文字通り、クリストフ商会の専用港となっている。

そのおかげで、クリストフ商会の業績はまさに鰻登《うなぎのぼ》りだ。

だが、それは良い事ばかりではなかった。

特に急な商会の拡大は人材不足という結果を齎《もたら》す。

今のところは何とかやりくりしてはいるが、それも正直に言って綱渡《つなわた》り。

それこそ、亮真の要請《ようせい》に応えて読み書きや計算が出来る丁稚《でっち》を派遣《はけん》する事さえかなりの負担になっている状況なのだ。

そんな状況で、ミストール商会を潰すなど狂気《きょうき》の沙汰《さた》でしかない。

いや、仮にミストール商会自体は潰せても、クリストフ商会がその穴を埋《う》める事が出来なければ、今度は北部一帯に経済的な空白を生んでしまう。

最悪の場合、第三の勢力がその間隙《かんげき》を縫《ぬ》って進出してくるかも知れない。

そして、その第三の勢力が御子柴男爵家《だんしやくけ》に有効とは限らないのだ。

(それくらいならば、此処はミストール商会と手を組んだ方が良いとシモーヌならば考える筈)

問題なのは、人の持つ感情。

計算上の利害と感情的な利害は必ずしも一致《いっち》しないし、人は時に感情に引きずられて利益を度外視してしまうものだ。

だが、ユリア夫人は賭けに勝った。

そんなユリア夫人の目算がシモーヌにも伝わったのだろう。

無言のまま、二人は互《たが》いに頷き合った。

和解が成立し、二人の間にあったギクシャクとした空気が緩《ゆる》む。

「せっかくの機会だから、一つお聞きしてもいいかしら?」

そんな中、ティーカップを口元に運んで一息入れたユリア夫人がおもむろに口を開いた。

「シモーヌ様は御屋形様が今後どう動くと予想されているのかしら?」

「予想ですか?」

「ええ、あの方の動きを見ている限り、私にはどうも北部十家の所領を統治されるおつもりが無いように感じるのだけれども……」

それは、ユリア夫人がずっと抱いていた疑問。

何しろ、今回の戦で御子柴亮真は北部十家の所領を焼《や》き討《う》ちしている。

（勿論、難民を作り出し、攻城戦《こうじょうせん》を有利にするという目論見《もくろみ》は理解出来るけれど、今後の統治を考えれば悪手……問題はそれをあの方が理解しているのかいないのか……）

策としての有用性は理解出来るが、商人として考えると、領内の経済状況を悪化させる悪手にも見える。

それに、家を焼かれ財産を失った領民達の反発は大きい。

今のところは表面化していないが、何《いず》れ不満は高まり暴発するかもしれない。

それを解決する一番の方法は、早急に故郷の村々へ彼等《かれら》を送り返して元の生活に戻《もど》してやる事だが、どうやら亮真にそのつもりはないらしい。

未だに難民達の大半はイピロスの城下と郊外《こうがい》に留め置かれている。

（食料や寝床《ねどこ》の提供はしているので、以前よりははるかにマシの様ではあるけれど……）

難民を放置している訳ではないので、亮真に問題意識がない訳ではないのだろうが、いま一つ狙いが図《はか》り切れないと言うのがユリア夫人の正直な気持ちだ。

しかし、そんな当然の疑問に対して、シモーヌは深く頷いて見せる。

「確かに……私も全てを教えて頂いている訳ではありませんが、恐《おそ》らくは今後の布石ではないかと？」

「布石？」

「はい……近い将来起こるであろう戦に備えて……です」

その言葉にユリア夫人は首を傾《かし》げた。

「それは貴族院との？　確かに彼等がこのまま黙《だま》っているとは思えないけれど、既《すで》にあの方は貴族院との戦を視野に入れているというの？」

それは当然の疑問だろう。

貴族間の争いを調停し、時には国法に違反《いはん》した貴族に対しての征伐《せいばつ》を行う権限まで保有する貴族院は、このローゼリア王国における司法の要だ。

そんな貴族院が、今回の戦に関してなんの干渉《かんしょう》もしてこない筈がない。

いや、ローゼリア王国の貴族達から反感を買っている御子柴男爵家に対して、彼等が傍観《ぼうかん》する筈がないのだ。

何れ矛《ほこ》を交える事になるのは目に見えていた。

だが、どうやらシモーヌの予想は違《ちが》うらしい。

「勿論《もちろん》、それもあるでしょうか……恐らくはその先です……」

「先と言うと？　まさか……」

シモーヌが言葉を濁《にご》した意味を察し、ユリア夫人の口から思わず驚《おどろ》きの声が零れる。

それは、あまりに荒唐無稽《こうとうむけい》な結論。

普段のユリア夫人であれば、一笑《いっしょう》に付して終わりだ。

しかし、今回は違った。

（本気なの？　一介の男爵がまさか……いえ、でもそう考えれば……）

今まで点でしかなかった一つ一つが脳の中で繋がり、一つの大きな絵を描いていく。

それは、ユリア・ザルツベルグ伯爵夫人《はくしやくふじん》が今までの人生の中で、一度として思《おも》い描《えが》いた事のない程、途方《とほう》もない絵だ。

「全てが布石だというの？　今回の戦も初めから全てが計算されていたと……もしかして、数日後にロベルト殿《どの》との仕官を賭けた勝負をすると言うのは……」

その問いに、シモーヌは小さく頷いた。

「恐らくはそう言う事なのでしょう……北部十家の領地を焼き討ちし難民達を作り出したのもイピロスに留《とど》めているのも全ては……そしてあの方の最終的な目的とは……」

二人はただジッと互いを見つめ合う。

どれほど時間が過ぎただろう。

やがて、二人の口からため息が零れる。

「成程《なるほど》……ね。私達の主はどうやら不世出の英雄《えいゆう》か、途方もない大馬鹿者《おおばかもの》の様ね」

ユリア夫人の言葉にシモーヌは苦笑いを浮《う》かべた。

だが、それに対して咎《とが》めない事から察するに、多かれ少なかれシモーヌ自身も感じているのだろう。

だが、シモーヌは心の内に秘《ひ》めた思いをハッキリと口にした。

「どちらでも構いませんわ……英雄であっても、大馬鹿者であっても……」

それは女として愛する男への気持ちか、それとも商人としての冷徹な計算からの言葉か。

ただどちらにせよ、今更他の道を選ぶ事は出来ない。

シモーヌ・クリストフの心は決まっているのだ。

初めて御子柴亮真と会ったあの日からずっと。

そんなシモーヌにユリア夫人はただ無言のまま深く頷《うなず》いて見せる。

自分も同じ気持ちである事がシモーヌに伝わる様にと。


窓の外には、真ん丸の月が浮かんでいる。

時刻は午前零時《れいじ》を少し過ぎた頃《ころ》だろうか。

燭台《しょくだい》の蝋燭《ろうそく》の灯《ひ》が瞬《またた》く中、御子柴亮真はザルツベルグ伯爵家の屋敷《やしき》の中に設えられた、己《おのれ》の居室でソファーに寝《ね》そべりながら宙を見上げる。

「いよいよ明日か……」

それはただの独り言だった。

だが、やけに大きく部屋の中に響《ひび》く。

(まいったな……緊張《きんちょう》しているのか?)

そんな自分の行動に、亮真は思わず苦笑いを浮かべた。

翌日の正午に行われるのは、ロベルト・ベルトランとの一騎打《いっきう》ち。

勿論、真剣《しんけん》勝負ではない。

あくまでもロベルトが亮真に仕える条件として提示した手合わせでしかない。

だが、たとえ手合わせという名目ではあっても、命の危険がないとは言えないのだ。

理由は二つある。

一つは、今回の手合わせが御子柴亮真にとって、ロベルト・ベルトランと言う男の主《あるじ》に相応しいかの試金石だという点だろう。

ロベルトはローゼリア王国の中でも屈指《くっし》の武人だ。

【ザルツベルグ伯爵家の双刃】と謳《うた》われ、近隣《きんりん》諸国にも名が通っている。

そんなロベルトに対して、主としての器量を示すのは並大抵《なみたいてい》の事ではないだろう。

ましてや、仕官を求める以上、亮真はロベルトを殺す訳にはいかないのだ。

だが、ロベルトが亮真を殺してはいけない理由はない。

いや、仮に殺意がなくとも、ロベルトほどの武人との戦いとなれば、一瞬《いっしゅん》の油断が生死を分けるのは目に見えていた。

ましてや、勝負に用いられる武器は刃《は》を潰した訓練用の品ではない。

その上、武法術に因《よ》る身体強化すらも認められているのだ。

確かに、今回の勝負は実戦ではない。

だが、限りなく実戦を想定した条件になっている。

運が悪ければ、文字通り命を落としかねないのだ。

それに、最大の問題は亮真の体が万全《ばんぜん》ではないという事だろう。

（だいぶ良くはなってきているんだがな……）

ザルツベルグ伯爵との一騎打ちの際に、亮真は鬼哭《きこく》の力を使い、眉間《みけん》にある六番目のチャクラであるアージュニャー・チャクラを解放した。

それは、電化製品で例えるなら既定《きてい》以上の電流を無理やり流し、一瞬だけ通常以上の稼動《かどう》を実現したようなものだ。

しかし、そんな事をすれば当然の事ながらモーターが焼き切れてしまう。

或いは、配線部分に不具合が生じる。

まぁ、無茶《むちゃ》な事をすれば何処《どこ》かに反動が出るのは当然だろう。

亮真がやった事もそれと似ている。

亮真は鬼哭と言うバッテリーが蓄《たくわ》えていた膨大な生気《プラーナ》の一部を自らの体に流しこむ事によって、本来であれば使う事の出来ないアージュニャー・チャクラを無理やり回したのだ。

結果、当初の計算通りに本来の実力以上の力を出す事は出来た。

それによってザルツベルグ伯爵を討ちとれたのだから、何も問題はないだろう。

ただし、そんな無茶をした代償《だいしょう》は決して軽い物ではなかった。

ヨーガや仙道《せんどう》では、体の正中線上に並ぶチャクラは脈管《ナーディー》と呼ばれる管で繋《つな》がっており、そこを生気が流れているとされている。

人体は各臓器が血管で繋がり、そこを血液が流れている訳だが、臓器をチャクラに、血管を脈管に置《お》き換《か》えて考えるとイメージしやすいかもしれない。

問題は、この脈管が鬼哭の力を解放した事により、傷ついてしまった事だ。

確かに日常生活にはそれほど支障はない。

執務室《しつむしつ》で書類仕事などを処理するのは何の問題もないのだ。

だが、武法術を使う度《たび》に、体全体を激痛が襲うのはかなり問題だった。

いや、それでもこの程度の代償で済んである意味幸運ではある。

武法術を使う度に激痛が走るとはいえ、逆に言えば武法術を使わなければ痛みはないという事なのだから。

モーターが焼き切れるのと同じ様に、最悪亮真の体も再起不能になる可能性がある事を考えれば、この程度の代償ならば幸運とさえいえるだろう。

それに、この痛みは今後永遠に続くものではない。

時間の経過と共に回復はしているのだ。

（アレを使う事を覚悟《かくご》した段階で、ある程度のリスクは織り込み済みだったからな……）

鬼哭と言う刀には謎《なぞ》がある。

初代伊賀崎《いがさき》衆の頭領である伊賀崎道満《どうまん》が作り出し、代々伝えられてきた刀だ。

だが、その伊賀崎衆ですら、この刀の力を正確には知らないのだ。

亮真が伊賀崎厳翁《げんおう》より鬼哭を譲《ゆず》り受《う》け、伊賀崎衆の主となった今でも、その全貌《ぜんぼう》は未《いま》だに杳《よう》として分からない。

だがそんな中、少しずつだが明らかになってきた事もある。

特に特筆すべきは、この刀の刃に因って死んだ人間の生気を吸い取りその身に蓄える事が出来る事。

そして、その蓄えた力を主の求めに応じてその身に還元《かんげん》する事に因って、人ならざる力を与《あた》えるという事だ。

初めてその力を使った時も確かに反動は出た。

(だが、やはり平時に試《ため》してみた時と、実戦で使う場合とでは負荷《ふか》が違いすぎる。回復にこれほどかかるのは想定外だった)

全身を襲う酷《ひど》い筋肉痛が、亮真の置かれた状況《じょうきょう》のイメージとしては最も近いだろうか。

筋トレをし過ぎた場合、翌日辺りから体中が痛くなるアレだ。

ただ、筋トレの場合は数日で回復するが、こちらは回復に二ヶ月《かげつ》近い日数が経過しても尚、回復途中《とちゅう》と言う点だろう。

そんな状況でロベルトとの試合に臨《のぞ》むのだ。

ある意味、自殺行為と言っても過言ではない。

(まぁ、だからと言って明日の試合を延期なんて訳にはいかないけれどもな……)

問題は、ロベルトとの試合で終わりではないという点だ。

いや、ロベルトとの試合が終わって初めて幕が開くと言った方が正しいかもしれない。

亮真の予想では、そろそろ先の戦に関して貴族院が動き出すだろう。

勿論、貴族院と戦う為《ため》の武器は既に準備している。

そして、ロベルトの仕官は、その準備の最後の仕上げだ。

(問題はどこまで回復させる事が出来たか……だな)

亮真がそんな事を考えていると、誰《だれ》かが部屋の扉を叩いた。

「どうぞ」

亮真の声に従い、扉が開く。

「お待たせいたしました」

そこに居るのは、メイド服にその身を包んだ二人の少女。

彼女達《かのじょたち》は双子《ふたご》であり、その顔立ちはよく似ている。

だが、彼女達を見誤る事はまずないだろう。

その見分け方は簡単だった。

一人は金色の髪を、もう一人は銀色の髪を靡《なび》かせているのだから。

姉のローラと妹のサーラは部屋に入ると、ソファーに寝そべっていた亮真を立たせる。

そして、部屋の奥《おく》に置かれたベッドへと誘《さそ》った。

「それでは亮真様……」

そう言うと、ローラとサーラは亮真の服を脱《ぬ》がせ始めた。

とは言え、別にロベルトとの試合を前にお楽しみをする訳ではない。

「悪いな。こんな夜中に」

「いえ、お気になさらないでください」

謝罪の言葉を口にした亮真に、ローラはゆっくりと首を横に振《ふ》った。

亮真は上半身裸《はだか》になると、ベッドの上で胡坐《あぐら》をかく。

筋肉質で分厚い背中だ。

その背中に、小さくすべすべとした二本の手がソッと添《そ》えられた。

「それでは始めますね」

サーラの言葉に従い、亮真は目を閉じると深く息を吸い、ゆっくりとチャクラを回し始める。

それは瞑想《めいそう》の様なものだろうか。

その瞬間《しゅんかん》、痛みで亮真の体が一瞬震《いっしゅんふる》えた。

脈管が傷ついている状況なのだからその痛みは当然だろう。

それと同時に、背中に触《ふ》れているマルフィスト姉妹の手から、温かな何かが亮真の中へと注ぎ込まれる。

それは、亮真の細胞《さいぼう》の一つ一つにゆっくりと染《し》み渡っていく。

穏《おだ》やかでそれでいて力強さを感じさせるそれがゆっくりと全身を包んでいくにつれて、亮真の体を苛《さいな》んでいた痛みが徐々《じょじょ》に消えていく。

どれくらいその状況が続いたのだろう。

二十分か、三十分か。

亮真の額に大粒《おおつぶ》の汗《あせ》が浮かび、ベッドの上のシーツに大きなシミが出来た頃、ようやくマルフィスト姉妹は亮真の背中に添えていた手を離《はな》した。

「いかがですか?」

今迄幾度《いままでいくど》も聞いた問いを、ローラは再び最愛の主へと投げ掛ける。

そして、亮真もまた今迄と同じ答えを返した。

「あぁ、大丈夫だ……」

実際、完全に回復している可能性は低いだろう。

それでも、ローラとサーラの力を借りながらここまで回復させてきたのだ。

後は、実際に武法術を用いて試してみるより他に方法はない。

「それじゃあ、少し試してみるか」

そう言うと、亮真はベッドから降り、大きく深呼吸をする。

息を吐《は》くと共に腹が膨《ふく》らませ、息を吸うと共に腹を引っ込める。

それはまるで空手で言うところの息吹《いぶき》に似ている丹田《たんでん》呼吸法だ。

そして、亮真はゆっくりと目を閉じて意識を集中させていく。

(感じる……)

それは激流となり、脊柱《せきちゅう》の基底である会陰《えいん》のチャクラから順に脈管を通じて上昇《じょうしょう》を始めた。

その瞬間、亮真の閉じていた目が見開かれる。

会陰から頭頂迄の脈管を生気が駆《か》け巡《めぐ》り、それは一本の光の柱を形成した。

しかし、それはほんの一瞬。

まさに刹那《せつな》の世界だろう。

生気は徐々にその流れを緩やかにし、チャクラの回転は徐々に落ちて行った。

満ちていた潮が引いていくような感覚。

やがて、チャクラの回転は一定の速度で安定を見せ始める。

亮真は、左右の手を握《にぎ》ったり開いたりしながら、筋肉の張りと体の感触《かんしょく》を確かめていく。

（悪くない……いや、かなり良い）

生気を流し込まれる亮真も、流し込む側であるマルフィスト姉妹にしても、かなりきつい作業だった。

何しろ、単に出力を上げれば良いというものではないのだ。

三人の呼吸を合わせ、体に必要以上の負荷を掛けないようにゆっくりと出力を上げていく為には、完璧《かんぺき》な生気のコントロールが必要となるのだから。

だが、その苦労の価値は十分にあったらしい。

ほんの一瞬ではあったが、亮真は確かに第七のチャクラであるサハスラーラ・チャクラを開いたのだから。

それは、人が人間と言う生物の範疇《はんちゅう》で到達《とうたつ》する事の出来る限界。

言うなれば仙人《せんにん》になったようなものだ。

（まぁ、ほんの一瞬だから、戦いにはあまり意味はないがね……）

瞑想し、呼吸を整え、マルフィスト姉妹の力を借りた上で、ほんの一瞬だけ到達者と呼ばれる領域に至っただけの事。

到達者と呼ばれる領域に至ったと亮真が胸を張る為には、自らの意思と力だけでこの状態を維持《いじ》して自由自在にコントロール出来る様になる事が必要不可欠だろう。

それでも、今までに比べれば格段の進歩と言える。

恐らく、ザルツベルグ伯爵との戦いの中で、鬼哭の力を用いて第六のチャクラを無理やりこじ開けた事が、第七のチャクラをほんの一瞬でも動かす事の出来た要因となったのだ。

(後は……)

亮真は静かに壁《かべ》の方へと視線を向けた。

その視線の先に設けられた槍掛《やりか》けには一本の槍が鎮座《ちんざ》している。

「ご武運をお祈《いの》りいたしております」

サーラの言葉に、亮真は振り返《かえ》る事なく小さく頷く。

ベッドから降りたマルフィスト姉妹は、そんな主の背に向かって深々と頭を下げた。


翌日、太陽が中天に差《さ》し掛かった頃、ザルツベルグ伯爵邸《はくしやくてい》の中庭に、二人の男が対峙《たいじ》していた。

二人の装いは共に戦支度《いくさじたく》。

一人は金属製の鎧《よろい》を着込み、右手に握られているのは長年共に戦場を駆け抜《ぬ》けてきた長柄《ながえ》の戦斧《せんぷ》だ。

それに対するのは、革鎧《かわよろい》を着込んだ老《ふ》け顔の青年。

その手に握られているのは、穂先《ほさき》の左右に枝分かれした刃が付いており、柄の部分に金属製の管を付けた大地世界《アース》ではあまり目にする事のない形をした槍だ。

両者の間の距離《きょり》は二十メートル程《ほど》だろうか。

無言のまま見つめ合う二人。

二人の間には、この勝負の見届け人としてシグニス・ガルベイラが立っている。

もっとも、これから始まる勝負には審判《しんぱん》は必要ない。

勝敗を決めるのは当事者である、ロベルトと亮真の二人なのだから。

シグニスの役目は文字通り、ただ黙ってこの場に居て、結果を見届ける事だけだ。

観客は誰も居ない。

側近であるマルフィスト姉妹を始め、この屋敷の本来の主であるユリア・ザルツベルグ伯爵夫人ですらも、この場に訪《おとず》れる事を亮真が禁じたからだ。

いや、それどころか、この中庭を中心とした半径三百メートルには、誰一人《だれひとり》として人が立ち入る事は不可能だろう。

何しろ、厳翁率いる伊賀崎衆の手練《てだ》れが亮真の命令を受け、十重二十重《とえはたえ》の陣《じん》を張り警戒網《けいかいもう》を構築しているのだ。

確かに、個人の戦闘力《せんとうりょく》と言う点では彼等より強い存在は幾《いく》らでもいるだろう。

しかし、集団戦に長《た》けた伊賀崎衆の警戒網を突破《とっぱ》する手練れは、この大地世界でも極《きわ》めて限られているのだから。

先に口を開いたのは、ロベルト・ベルトランだった。

「まずは礼を言わせていただこう。御子柴男爵殿《だんしゃくどの》……虜囚《りょしゅう》の身である俺《おれ》の無礼な申し出を良くぞ受けてくださった」

そう言うとロベルトは完璧な騎士《きし》の礼法に則《のっと》り深々と頭を下げた。

傲岸不遜《ごうがんふそん》とも言えるロベルトにしては珍《めずら》しい態度だろう。

実際、立会人であるシグニスの表情が一瞬だけひきつったのは、決して亮真の見間違《みまちが》いではない筈《はず》だ。

だが、ロベルトの態度に駆け引《ひ》きや嘘はない。

実際、ロベルトの出した条件はかなり突飛《とっぴ》なものだ。

何しろ、仕官して欲《ほ》しければ自らの武を示せと言い放ったのだから。

普通《ふつう》であれば、そんな要求を呑《の》んで迄、ロベルトを家臣に迎《むか》え入《い》れようなどと言う酔狂《すいきょう》な人間はまずいない。

ましてや、今のロベルトは敗者であり虜囚の身。

勝者である亮真に対して憐みを請《こ》い、命乞《いのちご》いの言葉を口にするのが普通なのだから。

だが、そんな傲慢《ごうまん》とも挑戦的《ちょうせんてき》とも言える要求に対して、亮真は快く応じた。

それだけでも、御子柴亮真の器量を計るには十分と言える。

（だが……）

それは、武人としての業《ごう》。

強者に対して自分の武と比べてみたいという欲求だ。

そんなロベルトの気持ちが分かっているのだろう。

亮真はロベルトに向かって無言のまま頷く。

亮真にはロベルトに掛《か》ける言葉はない。

全ては、今から始まる手合わせで答えが出るのだから。

「それでは始めさせていただくとしよう」

そう言うと、ロベルトは戦斧の柄を両手で握り右肩《みぎかた》に担《かつ》ぐように構える。

それに対して、亮真は両足を大きく開き、腰《こし》を落とした。

槍は中段から下段の間だろうか。

槍を腰の高さに構えながらも、穂先はロベルトの足下《あしもと》へと向けられている。

亮真とロベルト。

二人の間に闘気が満ちていく。

空気は熱を帯び、シグニスは喉《のど》がひりついていくのを感じた。

最初に動いたのはロベルトだった。

一気に間合いを詰めると、戦斧を渾身《こんしん》の力で振り下《お》ろす。

元々戦斧とは技《わざ》よりは力を重視する武器だ。

下手に防御《ぼうぎょ》を考えるよりも、力任せに叩《たた》きつける方が理に適《かな》った武器だと言えるだろう。

そして、そんな戦斧はロベルトにとってまさにうってつけと言える武器だった。

だが、亮真の方も、易々《やすやす》と打たれはしない。

袈裟《けさ》斬《ぎ》り気味の一撃《いちげき》が亮真の槍の柄で受け止められた。

息が届く程の距離。

二人の力が互いに相手を押しのけようと拮抗《きっこう》する。

微妙《びみょう》な駆け引きの末、徐々に二人の体勢が入れ替《か》わっていく。

だが、長柄の武器が得意とする間合いではない。

(ならこれでどうだ!)

ロベルトは素早《すばや》く体を引いて間合いを取る。

そして、だらりと戦斧を垂らすように構えると、そのまま下から掬《すく》い上げる様に亮真の首元目掛《めが》けて振り上《あ》げた。

だが、それを亮真は軽く首を傾《かたむ》けるだけで軽々と避《よ》けて見せる。

(こいつ、完全に間合いを見切ってやがる……)

ロベルトは今まで、人や怪物《かいぶつ》を問わず多くの敵と戦ってきた。

その数は、実に万に近い数だろう。

とは言え、大抵《たいてい》の敵はロベルトと数合も刃を交える事なく討ち取られてきた。

その中にはロベルトの一撃を躱《かわ》した手練れが居たのも確かだ。

しかし、これほど最小限の動きで避けられた経験はない。

(成程な……乱戦を想定した戦場の技と言うよりも、もっと洗練された対人戦を想定した技を身に付けてやがるのか……)

ロベルトの野生の嗅覚《きゅうかく》が、亮真の技の性質を本能的に見抜《みぬ》いていた。

亮真が祖父である御子柴浩一郎《こういちろう》から受け継《つ》いだ技は、確かに実戦を想定した殺しの技だ。

だが、ロベルトの様に戦場で培《つちか》った訳ではない。

その差が、技術と違いとして明確に表れている。

それはどちらが正しいとか優《すぐ》れているという訳ではない。

あくまでも、性質の差と言えるだろう。

ただし、亮真の持つ武はその洗練の度合いが並み外れているのだ。

ロベルトは一旦《いったん》体勢を立て直す為に大きく後ろに下がる。

だが、それこそが亮真の狙《ねら》いだった。

「今度はこちらから行くぞ！」

亮真の握る十文字槍がロベルトの喉元目掛《のどもとめが》けて突き出《つだ》される。

それは何という事のない突きだ。

普段《ふだん》であれば、ロベルトは戦斧で撥《は》ねのけて終わりだろう。

しかし、亮真の繰《く》り出した槍の速さは、ロベルトが過去に経験したことのない速さを誇《ほこ》っていた。

それはまさに神速とも言うべき突き。

それでも、ロベルトは何とか初撃を受け流す事に成功した。

ただ問題は、続けて放たれた一撃だ。

次々と矢継《やつ》ぎ早《ばや》に繰り出される穂先。

ロベルトは必死で戦斧を振るい受け流す。

(なんだこの速さは！　それに、槍の引き戻しが速すぎる！)

ロベルトは大きく飛びのいて間合いを取る。

亮真の方も、一度仕切り直しをするつもりらしい。

油断なく槍を構える亮真に素早く視線を走らせたロベルトの目が、見慣れぬ何かを映し出した。

(そうか……あれがあの異常な速さの絡繰《からく》りだな？)

それは、亮真の握る槍の柄に被《かぶ》せられた金属製の管の存在。

左手で握られたその管が滑《すべ》る様に移動する事で、柄を直接握る通常の槍よりも素早い突きだしと引き戻しが出来るのだ。

もっとも、それを使いこなすには相当な技量が必要になるのだが、亮真にとっては何の問題もないらしい。

(悔《くや》しいが技術は向こうの方が上か……)

ロベルトは今迄の攻防《こうぼう》で、亮真の技量を粗方《あらかた》把握《はあく》していた。

そして、長期戦になればなるほど力押しが得意な自分の方が不利になる事も理解している。

(ならば手段は一つだけだ！)

ロベルトは防御を捨てた。

そして、全ての力をただ一撃に懸ける覚悟を固める。

「うぉぉぉぉぉぉぉぉぉぉ！」

ロベルトの口から獣《けもの》の様な咆哮《ほうこう》が放たれた。

鋼《はがね》の如《ごと》き筋肉に覆《おお》われたロベルトの肉体が武法術に因って強化される。

全身の筋肉が膨れ上がり、顔が紅潮していく。

それはまるで炎《ほのお》の様。

それに対して、亮真はただ静かに槍を構えたままだ。

だが、その闘気はロベルトの物と比べても何ら見劣《みおと》りするものではない。

それはまるで、静けさに満ちた鏡の様な湖面に似ていた。

だが、ロベルトには分かっていた。

その静かな湖面の下には、怒涛《どとう》の如き濁流《だくりゅう》が荒《あ》れ狂《くる》っている事を。

先に動いたのは、やはりロベルトだった。

武法術に因って強化された脚力《きゃくりょく》から生み出される弾丸《だんがん》の如き速度で、一気に間合いを詰める。

そして、ロベルトはその速度を殺す事無く、腰から肩《かた》を経由して、両手に握る戦斧へと余す事なく力を伝えていく。

それはまさにシグニスが今まで見てきた中でも最高の一撃だろう。

たとえ防御しようとしても、その防御諸共《もろとも》打ち砕《くだ》く筈だ。

しかし、亮真は動かない。

ただ微動《びどう》だにせず、槍を構え続ける。

亮真の身にロベルトの戦斧が唸《うな》りを上げて襲《おそ》い掛《か》かった。

渾身の力を込めて振り下ろされた一撃。

その瞬間、亮真の槍が下から擦《す》り上げる様に跳ね上がった。

その穂先が狙うのは戦斧を握るロベルトの手元。

木製の柄が持つ弾性《だんせい》を用いた、粘《ねば》り付く様な槍がロベルトを襲う。

(良いだろう……指でも腕《うで》でも持っていけ!)

長柄の武器の弱点は柄を握る手元だ。

武器の特性上、どうしても隙《すき》を作りやすくなる。

だが、それはロベルトも分かっていた事だ。

下手に避けようとするよりはと、死中に活路を求めた。

しかし、そんなロベルトの覚悟も亮真にはお見通しだったらしい。

亮真は手元をクルリと回転させると、水平だった十文字槍の枝分かれした部分縦にして、戦斧の柄に引っ掛けた。

そして、そのまま戦斧を虚空《こくう》へと撥ね上げる。

そして、そのまま体を回転させ体勢を入れ替えると、槍の石突《いしづき》の部分でロベルトの無防備な腹を強打した。

その瞬間、ロベルトの口から空気が強制的に吐き出され、込み上げてきた胃液が喉を焼く。

激痛と呼吸困難で、ロベルトは思わずその場に膝《ひざ》から頽《くずお》れる。

だが、ロベルトは崩《くず》れ行《ゆ》く体勢の中で、逆転の機会を狙っていた。

（やるな。大した腕だ。まさか俺の渾身の一撃を弾《はじ》いて見せるとは……だが……勝負はまだ終わりではない！）

敵が勝利を確信した時こそが、逆転のチャンスである事を、ロベルトは長い戦場生活の中で骨の髄《ずい》まで刻み込まれている。

ロベルトは金属の籠手《こて》で守られた両手に力を籠《こ》める。

勝利を確信し警戒《けいかい》を解いた亮真の隙をついて、組み打ちに持ち込むつもりなのだ。

それは別に卑怯《ひきょう》ではない。

生死を懸《か》けた戦場では、油断した方が悪いのだ。

そして、ロベルトは過去にその怪力《かいりき》で、幾人もの敵を縊《くび》り殺している。

だが、今回の敵は今迄とは一味違っていた。

顔を上げたロベルトの目に、白刃《はくじん》の煌《きら》めきが映る。

ロベルトに一撃を加えた亮真は、既に元の構えへと戻っていた。

そして、その槍の穂先はロベルトの顔にピタリと向けられている。

（隙などない……か）

その瞬間、ロベルトの体から力が抜けた。

「それまで！」

シグニスの口から勝負の終わりが告げられる。

それは、【ザルツベルグ伯爵家《はくしやくけ》の双刃《そうじん》】と謳われた二人の武人が、御子柴亮真のものになった瞬間だった。

エピローグ

御子柴亮真《みこしばりようま》がローゼリア北部を統治し始めて既に二ヶ月が過ぎようとしていたある日。

初めはぎくしゃくとしていた事務処理にも慣れ、大分統治者として自信と実績が身についてきたそんなある日の午後。

一人の男が亮真の下《もと》へと姿を現した。

王都ピレウスから不眠不休《ふみんふきゆう》で馬を走らせてきたという男の体からは、汗のすえた様な臭《にお》いが漂《ただよ》ってきていたにも拘《かかわ》らず、亮真は彼《かれ》の到着《とうちやく》を聞くと己の執務室へと招き入れる。

年《とし》の頃は三十も半ばと言ったあたりだろうか。

顔立ちは極めて平凡《へいぼん》。

どこにでも居る様なこれと言って特徴《とくちよう》のない容姿の男だ。

強《し》いて特徴を言うならば、少しばかり体形が丸みを帯びている事くらいだろうか。

それだって、肥満と言うほどのものではない。

それこそ、街中ですれ違ったところでまず人目を引く事はないだろう。

しかし、こういった表ざたに出来ないような密使には最適な人選とも言える。

亮真は、そんな男が懐《ふところ》から大事そうに差し出した一通の手紙を受け取ると、ジッと手の中にある手紙を見つめ続けた。

「いつ来るかと思っていたが……思ったよりも遅《おそ》かったな……」

どれほど押《お》し黙っていたのだろう。

やがて、そんな言葉が亮真の唇《くちびる》から零《こぼ》れ落ちた。

厳重に黒い色の蝋《ろう》で封印《ふういん》されたその手紙の内容は今更確認《いまさらかくにん》する必要もない。

実のところ手紙には何の意味もないのだから。

だが、使者に命じられた男には、亮真の言葉の意味が分からなかったらしい。

「遅かった？　ですか」

それは、自然に出てしまった言葉の様だ。

そんな男の問い掛けに亮真は答えを返す事もなくチラリと視線を向ける。

まるで男の全《すべ》てを見透《みす》かす様なそんな視線だ。

実際、亮真は目の前で畏《かしこ》まる男の価値を値踏《ねぶ》みしていた。

ただの使者なのか、それ以上の存在なのかを。

（まぁ、こいつを任されたって事は、伯爵から信頼《しんらい》されているんだろうが……だが……本当にその信頼に値《あたい》するのかな？）

男は確かに実直で忠誠心が高いように見える。

実際、こんな重大な情報を持つ手紙を運んできた以上、この男はベルグストン伯爵にとって信頼のおける家臣である事に間違《まちが》いはないだろう。

だが、その一方で頭の働きは決して良くはないらしい。

愚鈍《ぐどん》とまでは言わないが、少なくとも場の空気が読める人間ではない様だ。

密使の分際でありながら、己が運んできた情報に対して興味を示すのだから。

確かに、自分の運んできた品が何なのか知りたくなるのは人間の心理として分からない事ではないだろう。

亮真もこれが普通の手紙で、男が普通の伝令であればそこまで気にはしない。

（しかし、この男は密使としてここに来た。恐《おそ》らくはベルグストン伯爵家が抱《かか》えている密偵《みってい》か工作員……少なくとも素人《しろうと》ではない……）

つまり、ベルグストン伯爵家の表に出せない仕事を担《にな》っている人間だ。

そして、男の様子から見て、ベルグストン伯爵はこの男に火急の知らせとしてこの手紙を運べと命じた筈。

だからこそ、男は一旦宿に泊《と》まり、身なりを整えてから亮真に謁見《えっけん》するという選択《せんたく》をしなかったのだろう。

だから、男は自分が運んでいる手紙が重要であると認識《にんしき》していた筈だ。

それにもかかわらず、手紙に関して聞くと言うのは、裏の世界で生きる人間としては軽率《けいそつ》とすらいえる問いだ。

（何事も過ぎたるは及《およ》ばざるが如しというが、まさに至言だな）

つまりは何事にも限度を弁《わきま》えて行動しなさいと言う事だ。

そして、知りすぎると言うのは時に命を落とす。

(いや……逆か……それを理解している上で、こいつは俺の反応を試した?)

亮真の脳裏《のうり》にそんな言葉が浮かんだ。

誠実とも愚直《ぐちょく》とも言える様な顔立ちだ。

だが、よくよく見ればそんな平凡な顔を持つ男の目には、狡猾《こうかつ》な獣が息をひそめて獲物《えもの》を狙う様なそんな何かが潜《ひそ》んでいる様に感じる。

ベルグストン伯爵が密使として送り込んできたのも伊達《だて》ではないらしい。

しかし、問題は何故《なぜ》そんな行動を男がとったのかと言う点だ。

(問題はこの男が疑問を口にした理由だ)

単なる好奇心《こうきしん》と言うのであれば良い。

密偵としての資質的には問題なので、ベルグストン伯爵にはこのことを告げて、今後は重要な情報ややり取りをこの男に任せないようにすればそれで済むのだから。

しかし、そうではなかった場合は大問題になる。

(ただの気まぐれ?　ベルグストン伯爵に命じられた?　いや、どちらも可能性は低い……それよりも……)

ローゼリア北部を手中に収めたとはいえ、未だに統治が安定しているとは言い難《がた》いのが現状で計算外が起きるのは許容出来ないだろう。

ましてや、大陸全土に暗躍《あんやく》する謎の組織の存在もある。

（要注意……だな）

亮真は瞬時《しゅんじ》にそこまで計算する。

これからの事を考えると、不確定要素は排除《はいじょ》するに越《こ》したことはないのだ。

「確かに手紙は受け取りました。ベルグストン伯爵《はくしゃく》にはよろしくお伝えください」

そう言って亮真は椅子《いす》から立ち上がると、男に労《ねぎら》いの言葉をかけて嗤《わら》った。


「ミスター須藤《すどう》から話は聞いていたが……やはりあの男は異質だ……日本人というのは、みんな忍者《にんじゃ》の末裔《まつえい》とかいう笑い話を聞いた事が有るが、あながち嘘《うそ》じゃないのかも……な。この糞《くそ》みたいな地獄《じごく》に易々と順応出来るんだから……」

執務室を後にしたカールこと、本名カール・アッカーマンは、背後に聳《そび》え立《た》つ城を振り返りながら小さく呟《つぶや》く。

その目に浮《う》かぶのは、先ほどまでの凡庸《ぼんよう》さとは異なる冷徹《れいてつ》で理知的な光。

今から十数年前、カールはどこにでもいる普通の医大生だった。

それが、母国であるドイツの首都ベルリンの片隅《かたすみ》から、この大地世界《アース》にかつて存在していた小国の一つに因って召喚《しょうかん》された時から、彼の人生に普通の文字は消えた。

その後、一ヶ月足らずで自分を召喚した国が、あっさりとオルトメア帝国《ていこく》に滅《ほろ》ぼされてしまった時は本気で自殺を考えたものだ。

たった一ヶ月早くオルトメア帝国があの国を滅ぼしてくれていれば、カールはこの大地世界に召喚されずに済んだのだから。

それを思えば、自らの手で人生の終止符《しゅうしふ》を打ちたくなるという気持ちも分かろうという物だろう。

まぁ、そんな状況下だったからこそ、その小国は異世界召喚と言う博打《ばくち》を行ったのだが、それはカールにとって何の慰《なぐさ》めにもなりはしない。

炎に包まれた城から着の身着のままで逃《に》げだし、カールはゆく当てもなく逃げ惑《まど》い各地を転々とした。

特にスポーツや格闘技《かくとうぎ》をやっていたわけでもないカールにとって、戦禍《せんか》を避《さ》ける術《すべ》は他になかったのだ。

そんな折の事だ。

オルトメア帝国の国境沿いにある小さな町の糞尿《ふんにょう》の臭いが充満《じゅうまん》した裏路地で、何をするでもなく蹲《うずくま》っていたカールと須藤が出会ったのは。

そして、地球よりこの大地世界に召喚された人間と、その子孫達《たち》で構成された組織と呼ばれる集団に加入する事になる。

それ以来、別段荒事《あらごと》に長けていると言う訳ではなかったカールは、その平凡な容姿を武器にただの草として生きて来たのだ。

ちなみに草とは日本の戦国時代における忍者の別称《べつしょう》の一つにして諜報《ちょうほう》活動を指す。

その活動範囲《はんい》は驚《おどろ》くほどに広く一言では説明しきれない訳だが、簡単に言えば敵地で何気なく生活を営みつつ情報収集を行いつつ、時には破壊《はかい》工作や暗殺すらも行う工作員という認識が一番近いだろう。

(まぁ、俺の仕事はそんな映画やドラマの中のスパイとは違《ちが》うがね)

昔、ドイツで見たスパイ映画に登場する主人公達は皆《みんな》、超人的《ちょうじんてき》とも言える技能を持った存在だった。

派手な銃撃戦《じゅうげきせん》を行い、格闘技にも長けていて、何より女性にモテる。

そんな映画の主人公にカールも憧《あこが》れを抱《いだ》いたものだ。

だが、映画の様な諜報員《ちょうほういん》はまず存在しない。

実際、カールの仕事自体はそこまで危険な物ではないのだ。

何しろ、カールが草として潜入《せんにゅう》を命じられたのは、西方大陸東部三王国の一つである、ローゼリア王国だったのだから。

(今思えば、退屈《たいくつ》な日々だった……あの頃《ころ》は、そんな退屈な日々が嫌《いや》で嫌で仕方がなかったものだがな……)

組織は基本的にオルトメア帝国とその周辺を重視して活動している。

とは言え、両者は協力関係を築いている訳ではない。

あくまでも、組織にとってオルトメア帝国は都合の良い道具でしかないのだ。

だが、道具だからこそ日々の手入れが重要になって来る。

どんな道具でも、長く使えば部品が摩耗《まもう》してくるし、時には壊《こわ》れてしまう。

そんな時、それが代わりの利《き》く道具ならば買《か》い換《か》えればそれで済む。

だが、時には買い替えが難しい物もあるだろう。

そして、オルトメア帝国と言う国は、組織にとっては長い年月と多大な資金を費やしてここまで育て上げた買い替える事が難しい道具だった。

そんな組織にとって、ローゼリア王国の動向は西方大陸東部の制圧をもくろむオルトメア帝国の動きを把握《はあく》し、陰《かげ》ながら支援《しえん》するのに必要な情報だったのは間違いないだろう。

ただし、必須《ひっす》かと問われるとそこまで重要ではないと言うのが正直なところだ。

それに、正直に言ってカールの仕事はそんなローゼリア王国の中枢《ちゅうすう》に潜入して、秘密を暴《あば》く事ではない。

あくまでもカールの仕事は情報収集だ。

それも、機密とは言い難いような、日々の天候に始まり、食料品の値段の上下や貴族間の婚《こん》姻《いん》情報など日々の暮らしの中で入手できる雑多な情報の収集が主な任務なのだ。

確かに、ベルグストン伯爵家に仕えてはいるが、政争に敗れたベルグストン伯爵にそれ程重要な情報が齎《もたら》される可能性は極めて低い。

実際、カールがベルグストン伯爵家を雇用先《こようさき》に選んだのは、彼の家が没落《ぼつらく》する一歩手前で、新規の雇《やと》い入れの際に行われる身元調査が、他よりも簡易だったからだ。

何しろ、落ち目の家を態々《わざわざ》探ろうという暇人《ひまじん》は極めて限られてくるのだ。

下手に警戒心《けいかいしん》を上げたところで意味はない。

宝の入っていない金庫に警備員を張り付かせるような事をしないのと同じ事だ。

それに、有能な人間はよほどの恩義でもない限り、一度落ち目になった家からは逃げ出してしまうものだ。

案の定、沈《しず》みゆく船から鼠《ねずみ》が逃げ出すように、多くの使用人がベルグストン伯爵家を後にしている。

カールにとっては、新参者でありながら、ベルグストン伯爵の信頼を得て、自由に動ける立場になるには好都合だったと言えるだろう。

そして、一度確固たる立場を築いてしまえば後は単純作業でしかない。

月に一度、知り得た情報を組織に連絡《れんらく》するだけの楽な任務だ。

しかし、それも今は昔の事。

ここ数年の間にカールを取り巻く環境《かんきょう》は一気に緊迫《きんぱく》の度合いを強めている。

(勿論《もちろん》、その原因ははっきりとしている)

御子柴亮真という男の存在だ。

今では十数年実直に勤め上げて来たという勤務態度を買われ、カールはベルグストン伯爵から絶大な信頼を受ける身だ。

その証拠に、カールはベルグストン伯爵家に長年仕えてきた家宰の娘と半年ほど前に結婚をしている。

これは、新参者のカールにとって破格の待遇と言えるだろう。

何しろ、家宰と言えばベルグストン伯爵に代わって家を取り仕切る代理人の様な役職の人間なのだから。

日本で例えれば、浪人が大名家の家老の娘と結婚した様なものと言えるだろう。

そんなカールが、組織から御子柴男爵領《だんしやくりよう》となった北部一帯に関しての調査を命じられたのはつい先日の事だ。

（北部十家の領内を焼《や》き討《う》ちして、イピロスに難民をぶつけたのは、単純に治安低下や兵糧攻《ひようろうぜ》めだろうと考えていたが、その先も見越《みこ》しての行動だったって訳か……）

カールの脳裏に浮かぶのは、イピロスから各地へ続く街道《かいどう》を、黒ずくめの鎧で全身を固めた兵士達に率いられて進む農民達の群れだ。

その意味が分かったのはイピロスを実際に訪れてからの事。

（まさか、戸籍簿《こせきぼ》を作り、農村部を整理する為《ため》に集めたとはな……しかも、自分の支配を受け入れない人間は、領外に放逐《ほうちく》している。狙いは当然……）

無論、税を取り立てている以上、ある程度の戸籍簿の様な物は大地世界にも存在はしている。

ただし、それはあくまでもざっくりとしたもの。

村々の名前とそこに生きている男女の数位が精々で、個人の名前や性別と言った物までは管理していないのが普通だ。

それに対して、御子柴亮真が作ろうとしているシステムは、そんな大地世界で言われる管理レベルの物ではない。

全ての個人に対して番号を振り管理する社会。

現代日本で言うところの、マイナンバー制度に近い物を意識しているのだろう。

(発想は悪くない。現代社会の知識を持った人間であれば、当然と言える。とは言え　課題もある。それは此処《ここ》が異世界だという点だ。それを、あの男は何処《どこ》まで理解しているか)

少なくとも、今の大地世界の技術水準では御子柴亮真の思《おも》い描《えが》く様な国はまず作る事が出来ないだろう。

どう贔屓目《ひいきめ》にみても大地世界の技術力は低い。

法術関連の一部を除いて、技術水準は中世か良いところ近世に入ったかどうかと言ったところだろうか。

インターネットはおろか、電話やラジオすらも存在しない世界。

情報伝達の手段としては人の手で運ぶ以外には、伝書鳩《でんしょばと》の様な鳥を使うか、狼煙《のろし》を上げるかくらいのものだ。

圧倒的《あっとうてき》に貧弱な情報インフラ。

だが、実はたった一つだけその問題を解決する手段が、この大地世界に存在している。

しかも、その技術は確かにこの大地世界に存在し実用化されている。

使われ方が日常に溶《と》け込み過ぎていて、誰《だれ》も意識していないだけだ。

(まぁ、何も考えていない訳はないだろう……となると、恐らくあの男はギルドにあれを求めるつもりだろうな)

奪《うば》うか交渉《こうしょう》で手に入れるか。

ギルドの巨大《きょだい》さを考えれば、力に因《よ》る強奪《ごうだつ》は悪手だ。

支部単体に対して一時的な勝利を得る事は出来ても、何《いず》れは大陸全土に根を張る巨大なギルドと言う組織の数の力に押し潰《つぶ》される事になるだろう。

しかし、カールは断言する事が出来なかった。

(余程《よほど》の馬鹿《ばか》でない限り、交渉を選ぶだろうな……だが、あの男は予想がつかないところがある。或《あ》いは……いや、それは意味のない仮定か……)

正直に言って予想はどこまで行っても予想でしかない。

現時点でどちらを選ぶかは不明だ。

だが、何れ御子柴亮真がギルドに対して何らかの接触《せっしょく》を持つ事だけは確実だった。

(問題なのは、それに対して組織がどう動くべきか。恐らく何も指示を出さなければ、ギルドは御子柴亮真の要請《ようせい》に応じるだろう。ウォルテニア半島に徘徊《はいかい》する怪物達《かいぶつたち》から採取される様々な部位はギルドにとっても大きな利権だ。それに、ローゼリア王国の北部一帯があの男の支配下に入った事で、クリストフ商会が主導する商圏《しょうけん》も大きくなっている。これに今からギルドが食い込むとなれば、相応の譲歩《じょうほ》を求められる筈だ。それを保有する技術の譲渡《じょうと》で済むとなれば、或いは……)

組織としては許されない判断だが、表看板であるギルドはそう考えないかもしれない。

だが、それに関してカールが出来る事はなかった。

少なくとも、カールとギルドに接点はないのだから。

カールが出来る事としては一つだけ。

「須藤さんに連絡……だな」

そう小さく呟くと、カールは足早に城塞都市《じょうさいとし》イピロスの城門を潜《くぐ》り、南へと続く街道を足早に進む。

しかし、カールは気が付かなかった。

物陰《ものかげ》から刺《さ》す様な視線を向ける存在に。


カールが自分を尾行《びこう》してくる存在に気が付いたのは、城塞都市イピロスの門を潜ってから二時間ほどが経ったあたりだろうか。

武法術によって身体強化した脚力に因り、既《すで》に四十～五十キロは南下している。

此処は鬱蒼《うっそう》とした木々に覆われた林の中。

陽《ひ》は地平線に沈みかけ、街道を行きかう人間の姿もない。

襲撃《しゅうげき》には絶好の場所と言えるだろう。

(しまった……油断した……)

少しでも早く須藤の下へ情報を伝えようと急いだのだが、逆に余計なトラブルを招き寄せた様だ。

周囲への警戒が疎《おろ》かになっていた事にカールは臍《ほぞ》を噬《か》んだ。

（クソ！　一体何者だ？　何時《いつ》からつけられていた？　ただの野盗なら俺一人でも何とかなるが……）

カールは別に特殊《とくしゅ》な訓練を積んだ密偵ではない。

それでも、この大地世界に召喚されて以来、それなりに修羅場《しゅらば》を潜ってはいた。

だから、地球人の特性である殺した生物から奪う生気《プラーナ》の吸収量の多さも相まって、武法術を会得《えとく》もしている。

回せるチャクラは第一のムーラーダーラ・チャクラのみではあるが、それなりに戦える事は戦えるのだ。

そう言う意味からすれば、盗賊《とうぞく》の四～五人程度であれば、十分に返り討ちに出来るし、十人以上でも血路を開いて逃げ出す事は出来るだろう。

だが、相手がただの野盗の類《たぐい》ではなかった場合はかなり問題だ。

（武器がコイツだけじゃかなり厳しいな……）

左の腰に差した長剣《ちょうけん》はあくまでも護身用でしかない。

荒事になる事を想定しているのであれば、弓か短槍《たんそう》くらいは準備しただろうし、最低でも革《かわ》の鎧か鎖帷子《くさりかたびら》でも身に着けてきただろうが、今回の任務が任務だ。

火急の任務という事で少しでも身軽にするべきだと判断した事が裏目に出た。

そんな事を考えていると、何かがカールの頬《ほお》を掠《かす》める。

「警告も無しか！」

何が飛んできたのかは知らないが、その意図は明白だった。

カールが追跡《ついせき》に気が付いた事を察して、先制攻撃《こうげき》を仕掛《しか》けてきたのだ。

(ひとまず身を隠《かく》さないと)

カールは直《す》ぐに街道を守る結界柱の間から林の中へと逃げこむ。

街道は人の往来を意識しているので、どうしても視界が開けている。

襲撃者《しゆうげきしや》側からはカールの位置も行動も丸見えでは、逃げ切《き》れる筈もなかった。

(上手《うま》く逃げられたのならいいんだが……頼《たの》むから、余計な化け物なんぞが出てきてくれるなよ)

街道を外れるという事は、結界の外に出るという事であり、それはつまり怪物達の徘徊する森の中に逃げ込むという事に他《ほか》ならない。

勿論、ウォルテニア半島の様な魔境《まきよう》とは異なり、この辺の怪物であれば、紛《まが》いなりにも武法術を使う事の出来るカールであれば、そこまでの脅威《きようい》ではないだろう。

だが、絶対の保証はない。

場合によっては、天災級と呼ばれる化け物に遭遇《そうぐう》しないとも限らないのだ。

だが、それらの可能性を考慮《こうりよ》しても、カールがこの場より生き延びる道は他にはなかった。

森の奥《おく》に向かって駆《か》けだしたカールは、とある大木の陰《かげ》に素早く身を隠す。

(しかし、一体どこの手の者だ？　御子柴男爵家か？)

辺りをそっと窺《うかが》う。

森の中は静寂《せいじゃく》に包まれていた。

それこそ、カールの弾《はず》むような息遣《いきづか》いが一番大きいくらいだ。

しかし、それはかなり甘《あま》い希望的観測だったらしい。

再び何かがカールの顔を掠めて空を切り裂《さ》く。

一枚目は何とか剣《けん》で弾《はじ》き返《かえ》したが、その後に隠れる様に続いていた二枚目がカールの腕を抉《えぐ》った。

更《さら》に追い討つように放たれた三枚目をカールは何とか躱《かわ》す。

大木の幹に勢いよく突き刺さったそれは、十文字形の刃《やいば》を二枚ずらして重ねたような形状の武器。

大地世界ではまず見かける事のない形状だ。

しかし、カールはその武器を良く知っていた。

いや、実物を見た事はないが、液晶《えきしょう》画面の中でよく見ていたのだ。

(おいおい、これは確か八方手裏剣《しゅりけん》って奴《やつ》か?)

その瞬間《しゅんかん》、カールは悪寒《おかん》に襲われた。

小刻みに震《ふる》える体。

四肢《しし》から次第《しだい》に力が抜《ぬ》けていくのを感じ、カールは木の幹に体を預け、必死に体勢を保とうとする。

だが、やがて体から完全に力は抜け、カールは大地に倒《たお》れ伏《ふ》した。

（そうだ……確か平形手裏剣と言うのは……）

四方手裏剣などに代表される平形の手裏剣は風車形手裏剣とも呼ばれ、忍者の使う武器として有名だ。

実際、漫画《まんが》やアニメなどのサブカルチャーにおいて、手裏剣と言えば回転しながら空を飛ぶ平形手裏剣の方が主流だろう。

だが、実際の殺傷能力自体はあまり高くない。

貫通力《かんつうりょく》と言う点では、棒手裏剣の方が遥《はる》かに高いのだ。

では、なぜ平形手裏剣が用いられるかと言えば、端的《たんてき》に言えば習熟度の容易《たやす》さと命中率の高さだ。

何しろ、棒手裏剣は打点が先端《せんたん》のみ。

中には棒の両端《りょうたん》を尖《とが》らせる物も存在するが、それでも打点は二ケ所《かしょ》のみだ。

それに対して、平形手裏剣では一般的《いっぱんてき》な四方手裏剣の場合は四ケ所。

単純に考えても、敵に傷を負わせる確率は四倍という事になる。

ただ、平形手裏剣はその形状から、深く突き刺さる事がない。

そう言う意味からすると、武器本来の殺傷力と言う点において、平形手裏剣は棒手裏剣よりも劣《おと》る訳だ。

だから、その欠点を克服《こくふく》する為に、平形手裏剣を用いる人間は毒を塗《ぬ》る。

カールはその事を知識としては知っていたが、まさか自らの体で体験する羽目になるとまでは想像していなかった。

やがて、全身が痺《しび》れて小刻みに痙攣《けいれん》するカールの背後の茂《しげ》みから、覆面《ふくめん》で顔を隠した影《かげ》が現れた。

体の曲線から見るにどうやら女の様だ。

その右手から黒ずくめ一人。

更に、カールの前方からも二人の影が現れる。

後から現れた三人の体つきから察するに男性らしい。

しかも、影の様子から察するに、森の中にはまだ仲間がいるらしい。。

どうやら、カール一人を追うのに相当な人数が動員されたようだ。

「咲夜《さくや》様……」

影の一人が、カールの背後に立つ女へ向かって声を掛ける。

その言葉に女は小さく頷《うなず》くと、素早くカールの懐《ふところ》を弄《まさぐ》る。

勿論、それは別に性的な何かではない。

欲《ほ》しいのはカールが何者であるかを探《さぐ》る為の材料だ。

(御屋形《おやかた》様の勘《かん》が獣じみているのは分かっているが、果たして本当にこの男はどこかの密偵なのだろうか?)

祖父である伊賀崎厳翁《いがさきげんおう》よりの下命で、咲夜はカールを追った。

勿論、敵国の密偵がベルグストン伯爵の下に紛《まぎ》れ込んでいるのであれば、一大事なのは間違いない。

だが、カールを疑った理由が亮真の勘だというのは、咲夜としても大分引っかかりを感じる部分だ。

（勿論、御下命《ごかめい》は何としても果たすが……）

そんな事を考えていた咲夜の手が、何かに触《ふ》れた。

（服の腹の部分に何か……）

めくってみれば、その部分の裏地が袋《ふくろ》の様になっている。

中を検《あらた》めると、そこにあるのは羊皮紙に描《か》かれた地図。

それも、かなり詳細《しょうさい》な北部一帯の地図だ。

その上、地図には咲夜の知らない文字がびっしりと書き込まれている。

（成程《なるほど》……この文字が暗号なのかどうかはさておき、このような物を隠し持《も》っているという事は……御屋形様の勘は正しかった訳か）

自らの主《あるじ》を疑ってしまった不明を恥《は》じつつ、咲夜は無言のまま腰《こし》に下げていた袋の中に手を入れる。

取り出したのは小さな丸薬だ。

咲夜はカールの体を地面より抱《だ》きかかえると、丸薬を口に含《ふく》ませる。

そして、影から手渡《てわた》された革袋《かわぶくろ》の水で強引《ごういん》に嚥下《えんげ》させた。

「解毒剤《げどくざい》よ。それを飲んでしばらくすれば口が利けるようになるわ」

無理やり水を流し込まれて咳込《せきこ》むカール。

そんな彼に向かって、咲夜は冷たい目を向けながら耳元で囁《ささや》いた。

「色々と貴方《あなた》には聞きたい事があるの。勿論、正直に話してもらうまで、何度でも同じ事を尋《たず》ねるつもりよ」

その言葉の意味を察し、カールの顔から血の気が引いた。

これから行われる拷問《ごうもん》も恐ろしいが、何より問題は此処が結界の外だという事だ。

下手をすれば森の怪物達が血の臭いに惹《ひ》かれてやってくる可能性がある。

「やめ……ろ。ここは森の……」

未《いま》だに痺れてうまく動かない口を必死に動かしながら、カールは危険性を訴《うった》える。

だが、そんなカールの心配など咲夜には最初から御見通《おみとお》しだった。

「大丈夫《だいじょうぶ》よ。この周りには伊賀崎衆の手練《てだ》れが十重《とえ》二十重《はたえ》に陣《じん》を敷《し》いているの。森の怪物《かいぶつ》はおろか、仮に貴方の仲間が襲撃してきても返り討ちに出来る程度の準備はしているわ」

そう言うと、咲夜は笑《え》みを浮かべる。

それは、主である亮真にすら見せた事のない冷たい笑みだ。

「だから、安心して……貴方が正直に話してくれる気になるまで、じっくりと付き合ってあげるから」

そう言うと、咲夜は腰に差していた短刀を引《ひ》き抜いた。

その夜、亮真は微《かす》かな人の気配を感じ目が覚めた。

時間にして深夜二時を過ぎたあたりだろうか。

まさに草木も眠《ねむ》る丑三《うしみ》つ時《どき》という奴だ。

枕元《まくらもと》に忍《しの》ばせた短刀と万力鎖《まんりきくさり》の感触《かんしょく》を確かめつつ、亮真は静かに相手の出方を待つ。

もっとも、此処は未だ完全に支配下に置いたとは言えないイピロスの町の中にあって、最も警備の厳重なザルツベルグ伯爵邸《はくしゃくてい》の中。

それも、伊賀崎衆の手練れが十重二十重に警戒網《けいかいもう》を敷く御子柴亮真の寝所《しんじょ》だ。

それこそ、リオネやボルツといった側近中の側近でも、此処へはそう簡単に訪《おとず》れる事は出来ない。

宿直の護衛兵が必ず取次ぎを行う事になっているからだ。

暗殺者の訪問などそれこそ夢のまた夢と言える。

だが、それほどの警備を敷いていても、御子柴亮真にとって自己の警戒を緩《ゆる》める理由にはならない。

どれほど厳重な警備をしていようと、自らが警戒心を緩めれば何の意味も持たないという事実を、亮真は歴史から学んでいるのだから。

(織田信長《おだのぶなが》みたいな最期《さいご》を遂《と》げたくはないからな……)

織田信長が戦国時代の覇者《はしゃ》として日本史に燦然《さんぜん》とその名を刻んだのは歴史的な事実だろう。

だが、そんな覇王《はおう》は天下統一を目前にして、腹心だった明智光秀《あけちみつひで》の謀反《むほん》によって京は本能寺《ほんのうじ》で無念の最期を遂げた。

未だに多くの謎《なぞ》が残る本能寺の変。

諸説あるが、信長が当時率いていたのは、彼の息子《むすこ》である信忠《のぶただ》が率いる軍勢を含めても一千にも満たなかったと言われている。

天下人を目前としていた有力者が率いるにしては余りに少数な兵と言えるだろう。

それこそ、織田家は当時、日本の半分をほぼその手中に収めていたのだ。

動員しようという意思が信長にあれば、何万人でも兵士を護衛として引き連れていく事が出来た筈《はず》だ。

だが、織田信長はそれを選ばなかった。

無論、重臣中の重臣であった明智光秀の謀反を予知出来たかどうかに関しては、正直微妙《びみょう》なところだろう。

また京都が当時、織田家の勢力圏内《けんない》であった事も大きい。

しかし、謀反を予知出来なかったからと言って、信長の行動を肯定《こうてい》する事は難しいのも事実だろう。

備えるとは、予想出来ない何かが起きても困らないようにする為の準備なのだ。

それを、予想出来なかったと言うのは、言い訳にすらなっていない。

亮真から見れば、信長のそれはただの驕《おご》りであり油断にしか見えなかった。

まさに絶対の警備など存在しないという証明。

信長はきっと最後まで思っていたのだろう。

自分に歯向かう存在などあり得ないと。

(自分の身は自分で守らないと……な)

大切なのは、可能性を排除しないという事だろうか。

「御屋形様……夜分に恐れ入《い》ります……」

部屋の隅《すみ》から黒い影がベッドに横たわる亮真へと語り掛《か》ける。

「厳翁か……」

ベッドに横たわった亮真は、厳翁に背を向けたまま問いかけた。

「はい……ご報告したき事が」

「命じた件だな。それで結果は」

「御屋形様の予感が当たりました。後始末はご命令通りに処理しております」

その言葉を聞いた瞬間、小さな舌打ちが響《ひび》いた。

(当たってほしくない予感程《ほど》、よく当たりやがる……)

だが、それなら厳翁が朝まで待たずに報告に来た理由も納得《なっとく》出来た。

(全く……寝不足《ねぶそく》は美容に悪いんだがな……)

とは言え、このまま厳翁の報告を聞かずに寝《ね》るという訳にはいかない。

「そうか……最近はウォルテニア半島に暮らす怪物達以外も腹いっぱいに餌《えさ》が貰《もら》えて幸せな事だな……それで、何か分かったか？」

亮真の問いに、部屋の隅に跪《ひざまず》いていた厳翁の影が立ち上がる。

「よろしいでしょうか？」

「あぁ、ちょっと待て……」

その問いに、亮真は体をベッドから起こし、枕元に置いた蝋燭《ろうそく》に火をつけた。

「例の男が持っていた物です」

そう言って差し出された一枚の紙切れを受け取り、亮真は素早《すばや》く中身を確認《かくにん》する。

そこにあるのは、イピロスの街を中心としたローゼリア北部一帯の街道が描き込まれた地図だ。

かなり詳細な物で、軍事に使えるレベルだろう。

それはつまり、一般人《いっぱんじん》ではまず目にする機会のない品物だという事を意味している。

「成程ね……やっぱりどこぞの密偵だったか……」

亮真の口から大きなため息が漏《も》れた。

男の言葉の端《はし》に微かな違和感《いわかん》を持ったので、跡《あと》をつけさせ様子を窺ってみたがどうやら亮真の判断は正しかったようだ。

（全く……次から次にゴキブリ並みに湧《わ》いて出やがる）

実際、亮真がため息をつきたくなるのも当然と言えた。

何しろ、亮真がローゼリア北部を掌握《しょうあく》してより今日まで、イピロスの街は密偵の暗躍する情報戦の場となってしまっている。

それに、セイリオスの街の警備を担っているお梅《うめ》からの報告では、ウォルテニア半島へ侵《しん》入《にゅう》を試みる人間の数も倍増したらしい。

幸いにもセイリオスの街に関しては、その地理的要因によってほぼ完璧《かんぺき》な防諜《ぼうちょう》体制を敷けているが、残念ながら新たに手に入れたイピロスとその周辺はそう簡単にはいかないだろう。

（まぁ、イピロスの警備は厳翁達《たち》が対処をしてくれているので問題はないだろうが……）

どれほど厳重な警戒《けいかい》を敷こうと、情報は何時か必ず漏れるものだ。

だが、情報が漏れる事が前提だからと言って、何も対策を取らなくてよいという理由にはならない。

完璧は有り得なくても、完璧を目指す努力は必要なのだ。

そして、情報が漏れた時の対処をあらかじめ立てておかなくてはならない。

（それと……問題は何処《どこ》の手の者かって事だが……）

一番可能性が高いのは、この国の国王であるルピス女王と彼女《かのじょ》に忠義立てする貴族達の誰かだろう。

だが、亮真は地図に描き込まれたとある文字が気になって仕方がなかった。

（ローマ数字とアラビア数字のミックス……か）

大地世界における言語は裏大地世界《リアース》と呼ばれる地球の物とは全く異なる。

当然ながら文字も数字も違う訳だが、幸いな事に召喚術には呼び出された人間に対して翻訳《ほんやく》機能とでも言うべき能力を与《あた》える効果があるらしい。

亮真がオルトメア帝国宮廷法術師《ていこくきゅうていほうじゅつし》であるガイエス・ウォークランドに召喚された際に、彼と普段《ふだん》と同じように会話が出来たのもこのおかげだ。

そして、この翻訳機能は文字に対しても自動で効果を発揮する。

だからこそ、亮真は今まで意思の疎通《そつう》において一度も不自由さを感じた事がない。

だが、大地世界で使われている言語は基本的に地球に存在する言語と異なるのだ。

そして、大地世界に生まれた人間は基本的に大地世界の言語を使う。

(となると……可能性は二つか……)

亮真は自分と同じ地球という星に生まれた人間の匂《にお》いを感じていた。


ベルグストン伯爵の使いがその姿を消してから七日後。

豪奢《ごうしゃ》な鎧《よろい》を身にまとった騎士達《きしたち》に守られた一台の馬車が城塞都市イピロスの城門を潜る。

一団が掲《かか》げるのは、この国の支配者であるローゼリア王家の紋章《もんしょう》。

彼等《かれら》がイピロスへと赴《おもむ》いた訳は正直に言って今更《いまさら》述べるまでもないだろう。

それこそ、このイピロスのみならず、ローゼリア北部一帯に暮らす人間であれば自明の理ともいえる事。

街の中央にそびえる元ザルツベルグ伯爵邸へと大通りを進む彼《かれ》らを、イピロスの住民達は不安と恐れの入り混じった目で見守り続ける。

新たなる戦禍が自らに襲《おそ》い掛かって来ない事を祈《いの》りながら。

「成程ね……こいつが召喚状《しょうかんじょう》って奴か」

円卓《えんたく》を囲むリオネが手にした書状を読み進めていく。

真っ白な上質の紙だ。

指先から伝わる滑《なめ》らかな触《さわ》り心地《ごこち》が気持ちよい。

(それにしたってこれは随分《ずいぶん》とまた……一枚当たり銀貨一枚以上ってところかね。羊皮紙だって相手に伝われば同じだろうに。形式って奴を重んじた訳だろうねぇ)

なめした革の様な羊皮紙に近い物が一般的な筆記具として用いられる大地世界で、これほど高品質な紙を目にする事はかなり珍《めずら》しい。

いや羊皮紙ならばまだマシな部類と言える。

場所や経済状況《じょうきょう》によっては木を細い板状にして束ねた木簡を紙の代用とする事も珍しくないのだから。

それこそ、西方大陸全土に根を張《は》り巡《めぐ》らしているギルドの様な絶大な経済力がなければ日常的に紙を使用するのは難しいだろう。

「ですが、こいつには罪状も何も記載《きさい》されていやせんね」

リオネの肩越《かたご》しに覗《のぞ》き見《み》をしていたボルツが首を傾《かし》げてみせる。

書面に書かれているのは、日時と、貴族院への出頭を命じる言葉だけ。

普通《ふつう》であれば記載されている筈の罪状に関しては何の記述も無いのだ。

それこそ、ローゼリア王国の印章が押《お》され、運んできたのが貴族院の誇《ほこ》る精鋭《せいえい》部隊でなければば真贋《しんがん》を疑ってしまうような品物と言えるだろう。

「そうだねぇ……正直に言ってアタイはこういう書面に疎《うと》いから何とも言えないけれど、まがりなりにも男爵《だんしやく》様を呼びつけようというには随分と……そう、なんというかアッサリしてはいないかい？」

ボルツの指摘《してき》にリオネは小さく頷くと首を傾げる。

リオネは傭兵《ようへい》として戦場に限らず様々な依頼《いらい》を請《う》け負《お》ってきた。

領地の見回りや、貴族の護衛などの経験もあるし、騙《だま》されて謀反を企《たくら》む貴族の私兵として雇われるといった危ない仕事の経験も持っている。

だが、俗《ぞく》に言う危ない裏の仕事に関しての知識は持っていても、国の法制度に関しての知識は持ち合わせていない。

リオネの記憶《きおく》の中でこういった書類に関係する記憶と言えば、思い浮かぶのは一つだけ。

（ガキの頃に親が税金を払《はら》えず、強制執行《しつこう》の令状を徴税官《ちようぜいかん》から突《つ》き付《つ》けられた時くらいかねぇ）

それだって、ハッキリと覚えているのは書面に何が書かれていたのかではなく、徴税官の欲にまみれた薄汚《うすぎたな》いニヤケ面と、両親の苦悶《くもん》の表情だ。

結局、長年住み暮らしていた家も蓄《たくわ》えも全《すべ》て奪われたリオネとその家族は、故郷を捨て流民《るみん》となり、やがて彼女は傭兵という道を選ぶ事になる。

それ以来、どこかの街に定住するという経験を持たないリオネにとって、こういった法制度はまさに未知のものと言えるだろう。

何しろ、住民としての登録すらした事がないのだから。

だが、そんなリオネの疑問に対してシグニス・ガルベイラがゆっくりと口を開く。

「あくまでも今回の召喚が証人への出廷《しゅってい》という形だからでしょう」

その言葉にボルツが首を傾げる。

「それはつまり、若を罪人として裁くつもりがないという事ですかい？　先日送られてきたベルグストン伯爵からの手紙では貴族院は今回の戦で若を敵視しているという話でしたが？」

裁判に罪人として出廷を求められるのと、証人として出廷を求められるのでは意味がまるで違ってくる。

勿論、両者を比べてどちらが亮真にとって得かは言うまでもない。

だが、そんなボルツの問いに対して、シグニスの隣《となり》に座《すわ》るロベルト・ベルーランはため息交じりに首を横に振《ふ》った。

「笑わせるな。あれだけの事をしておいてそんな訳あるか」

その言葉にボルツは肩《かた》を竦《すく》めて答えた。

ボルツ自身も有り得ないと理解していたからだ。

実際、御子柴亮真がザルツベルグ伯爵を討ち取《と》り、ローゼリア北部一帯を手中に収めてからとった彼の行動を考えれば当然の事と言えるだろう。

何しろ、シグニスの実家であるガルベイラ男爵家やロベルトの実家であるベルトラン男爵家をはじめとした北部十家と呼ばれた家の内、半数近くが文字通りこの世から消え去っているのだから。

これは、この戦乱の西方大陸においても地方領主同士の勢力争いという戦の規模から考えて極《きわ》めて珍しいといえるだろう。

「ロベルトの言う通り、貴族院としてもこのまま傍観《ぼうかん》するという事はないでしょう……それこそ、貴族は血の繋《つな》がりという物を何よりも重視します。それに対してこういっては何ですが御屋形様は何処の馬の骨とも知れない成り上り者。そんな人間に多くの親族を殺された上に家名まで断絶に追い込まれたとなれば、黙《だま》っている貴族はいないでしょう。幾《いく》ら連中が保身に長《た》けた腰抜《こしぬ》けでも……ね」

余程貴族達に対して鬱憤《うっぷん》が溜《た》まっているのだろうか。

ロベルトに比べてシグニスは基本的に丁寧《ていねい》な口調だが、彼の口から放たれた言葉は罵倒《ばとう》に近い物だ。

まぁ、武人として長年戦場を潜《くぐ》り抜けて来たシグニスと、安全な己の領地や王都で贅《ぜい》を貪《むさぼ》ってきた大半の貴族達では当然の反応だと言えるのかもしれない。

「となると、この手紙の狙《ねら》いは、若を王都へおびき出す事ですかね？」

「ボルツ殿《どの》の言われるように、そう考えるのが妥当《だとう》だろう。初めから御屋形様を被告《ひこく》として召喚《しょうかん》すれば武力に訴える可能性を考慮したと見るべきだ。そうなれば今度は地方領主の小競《こぜ》り合《あ》いでは済まされなくなる。そしてそれをルピス女王は望んでいない。となれば……」

そこまで言うと、シグニスは会議が始まって以来沈黙《ちんもく》を守り続ける自分の新たな主人へと視線を向ける。

「王都に証人として呼び出した上で罪人として殺す……か」

「恐《おそ》らく……」

亮真の言葉にシグニスはゆっくりと頷く。

貴族院と言えば、日本で言う裁判所兼《けん》検察のような組織だ。

言うなればローゼリア王国の司法における頂点とも言うべき存在。

これに対抗《たいこう》できるのは国王であるルピス女王くらいの物であろう。

ましてや、この組織に正義や公平性など微塵《みじん》も有りはしない。

裁判になれば、御子柴亮真の弁明など何の意味も持たずに有罪が科せられる事になる。

だが、事態の深刻さとは裏腹に、亮真にもシグニスにも憂《うれ》いの色はなかった。

「まぁ、こちらの想定通りの動き……だな」

その問いに、円卓を囲む男女が一斉《いっせい》に頷いた。

亮真はゆっくりと円卓を囲む仲間達《たち》を見回す。

彼等はローラ達の様に亮真がこの世界にやってきた直後から仕えている人間もいれば、シグニス達の様にザルツベルグ伯爵《はくしゃく》を討ち取って以降に仕えた人間もいる。

だが、彼等の目には等しく強い意志の力が宿っていた。

「良いだろう……それでは国盗《くにと》りの始まりだ」

それは言葉の内容に比べて、なんの感慨《かんがい》もない平坦《へいたん》な声色《こわいろ》だった。

まるで、少し出かけてくると告げるくらいに日常的な……

「そろそろ、到着《とうちゃく》した頃かな？」

父親の問いに、シャーロット・ハルシオンは小さく頷いた。

「はい、何事もなければ今日の昼頃《ひるごろ》には到着した筈です……」

「そうか、これでようやく不満を口にしていた貴族達を押さえられるというものだな……連中もかなり苛立《いらだ》っていたが、何とか暴発する前にけりがつきそうで何よりだ」

そう言うとシャーロットの父親である、アーサー・ハルシオン侯爵《こうしゃく》は満足げに頷いて見せた。

実際、貴族院の院長を務めるハルシオン侯爵は疲《つか》れていた。

勿論その理由は、決まっている。

貴族の儀礼《ぎれい》も弁《わきま》えず、北部十家の半数を家名断絶まで追い込んだあの若造の処遇《しょぐう》に関しての調整のおかげだ。

(全く……ルピス女王も面倒《めんどう》な事を命じてくれるものだ……貴族達を結集して攻《せ》め滅《ほろ》ぼしてしまえば簡単にけりがつくものを……)

ローゼリア王国の貴族階級に属する家は大小合わせて数百家を数える。

とは言え、その全ての戦力を結集する事は、国土防衛の観点を踏《ふ》まえて考えると、事実上不可能だろう。

だが、跳《は》ね返りの新興貴族を潰すのなら、そこまでの戦力を必要とはしない。

今回の北部動乱に因って断絶した北部十家は半数を超《こ》えるが、それらの家と縁戚《えんせき》関係を持つ家は五十を下らないのだ。

それらの家々から戦力を供出させれば、容易く万を超える戦力になる。

そこに貴族院直属の騎士団《きしだん》を派遣《はけん》すれば、如何《いか》に相手が救国の英雄《えいゆう》と目される男であっても、勝利は確実だろう。

だが、そんなハルシオン侯爵の思惑《おもわく》に待ったを掛けた人間がいる。

実の娘《むすめ》であるシャーロットだった。

(幼い時からシャーロットを宮廷《きゅうてい》に出仕させるという決断は、果たして良かったのか悪かったのか……)

自分の愛娘《まなむすめ》をルピス女王の側近として送り込んだ事は、宮廷内の政治闘争《とうそう》においてかなり有利に働いたのは間違《まちが》いない。

ハルシオン侯爵家が貴族派の重鎮《じゅうちん》として目されている理由の何割かは、シャーロットの存在なのだから。

だが、その代償《だいしょう》は大きい。

特に、シャーロットの才覚が予想以上に優《すぐ》れていたと言うのは、ハルシオン侯爵にとって大きな計算違《ちが》いだ。

勿論、愚《おろ》か者《もの》では話にならない。

だが、才覚がありすぎて周囲から恐れられるようになった結果、未だに婿《むこ》の成り手が見つからないと言うのは誤算以外の何物でもないだろう。

それに、最大の問題は、シャーロットの立場を堅持《けんじ》する為には、ルピス女王側の意向や要請に対して一定の配慮《はいりょ》が必要になる点だ。

シャーロットの表向きの立場はルピス女王の女官長と言う地位だが、これに加えて私的な友人でもある。

何しろ、幼少の折からの付き合いなのだ。

女王としての重圧に日々耐《た》えているルピス女王にしてみれば、メルティナに並んで頼《たよ》りになる友人と言えるだろう。

当然、ルピス女王はシャーロットの頼みを無下にはしない。

だがそれは逆に、ルピス女王の要請を無下にする事は難しいという事でもあるのだ。

（まぁ、今回に関しては、シャーロットの口添《くちぞ》えもあり、ルピス女王の要請を受け入れる事にした訳だが……）

ハルシオン侯爵自身は御子柴亮真という男を運が良いだけの人間だと見ていた。

だからこそ、今回の戦でザルツベルグ伯爵が討たれた事でその評価は変わった。

そして同時に、御子柴亮真という人間を排除《はいじょ》しなければならないと固く誓《ちか》ったのだ。

ただ、問題はその排除方法だ。

「シャーロット……もう一度確認《かくにん》するが、本当にこれで良かったのか？」

その問いにシャーロットは深く頷く。

「ええ、お父様。色々とご調整いただいた事に関しては申し訳ないと思いますが……」

その言葉にハルシオン侯爵は不満げに鼻を鳴らす。

娘がそう答える事は分かり切っていたが、改めて聞いても不愉快《ふゆかい》な事には変わりがなかったらしい。

「まぁ良い。後は筋書き通りに事を進めるだけだからな」

「はい、陛下もお父様の御尽力《ごじんりょく》には深く感謝するとの事でした」

その言葉に、ハルシオン侯爵は満足げに頷いた。

ここまで手間と時間を掛けさせられたのだ。

肝心《かんじん》のルピス女王に不満を持たれては堪《たま》らないだろう。

そんな父親を見ながら、シャーロットは笑みを浮《う》かべた。

まるで、何も知らずに踊《おど》り続ける道化《どうけ》を見る様な目で。

あとがき

殆どいないとは思いますが、今回初めてウォルテニア戦記を手に取ってくださった皆様はじめまして。

一巻目からご購入いただいている読者の方々、四ヶ月ぶりです。

作者の保利亮太と申します。

無事に十五巻目をお届けする事が出来ました。

とは言え、毎回の事ながら書き上げたのが締め切り時間ギリギリで、編集さんやイラストレーター様を筆頭に、関係各所にはご迷惑を掛けまくっています。

本当に申し訳ありません。

そのうち、編集さんから打ち切り宣言がきそうで怖い事です。

言い訳がましいですが、二足の草鞋だと本業の影響を受けてしまって、当初立てたスケジュール通りにいかないんですよね。

私はＩＴ関係の仕事を本職にしているのですが、これが案件毎に現場を替えていく業種で、正社員とは言えかなり派遣業に近い形態です。

その所為で、新しい現場での人間関係や会社の空気と言った物になじむのがとても重要なのですが、昨年末に抜けた現場はどうにもこうにも肌に合いませんでした。

挨拶の仕方や仕事の進め方などなど。

何より職場の雰囲気に馴染めません。

同僚や直属の上長とは全く会話が無い状態でしたから。

四ヶ月ほどそちらでお世話になったのですが、「お仕事慣れましたか？」って気遣いの言葉を掛けてくれたのが、入場初日にご挨拶させていただいたマネージャーさんだけって……

いやぁ、その方とは偶々エレベーターの中で一緒になっただけなんですが、そう言った会話があるだけでも違いますよね。

勿論、相手方にも言い分があるとは思います。

かなり忙しい現場なのに、新人教育の準備とかまるでされていませんでしたし、私にも至らない点があったのは事実なので。

ただその結果、ストレスが半端なく、飲酒量が増えてしまったのは最悪でした。

昨年は本業の方の会社に無理を言い、五ヶ月休職して長期療養に励み、折角体調を整えたというのに……

ジム通いは続けたので思ったほどは影響がなかったのが幸いでしたが。

まぁ、正直に言うとストレスを言い訳にして呑みたかっただけなんですけどね。

通勤経路に焼きとん屋とか焼き鳥屋が犇めいていて、私を誘惑してくるのです。

あの匂いが堪らないんですよね。

それでも、揚げ物は避けようと、行き付けの串揚げ屋に行く事だけは我慢しました！

その他にも、軟骨のから揚げとかが好物なのですが、これも避けています。

冬はカキとかが最高なのですが、一度行くと普段の注文とは別に追加で五個くらいは食べちゃうので……

自分的には、此処で我慢しないとヤバイと思っていました。

基本、人間が持つ欲望に対して歯止めのかからない性質なんですよね。

一度タガが外れると、行きつくところまで行きついちゃうんです。

ともあれ、十数年このＩＴ業界という職種でエンジニアぽい事をしてきましたが、正直に言って此処迄肌に合わないというか、人間関係に苦慮した現場は初です。

私個人は割とそう言う部分には強い方だと思っていただけに衝撃でした。

この経験はきっと、ウォルテニア戦記の作風やキャラに影響を与えるでしょう。

と言うか、基本的にウォルテニア戦記に登場する人間の多くは、作者の過去に出会った人物像を基にして書いていますので、どうしても影響されるんですよね。


さて、作者のそんな愚痴&作風の話はさておき、恒例の作品解説をば。

十五巻目の見どころはロベルトとシグニスの関係と仕官の部分です。

十四巻で自分に痺れ薬を盛ったシグニスに対して、虜囚のロベルトはどう対応するのか。

そして、シグニスは……

いいですよね、男の武骨な感じの友情って。

作者にはそんな友人は残念な事に居ませんでした。

と言うか、友人と呼べる人も極めて限られていますが……

知人は多いんですけど、友人となると途端に数は絞られます。

ましてや、自分を裏切った友人を許せるほどの友情となると中々……ねぇ？

そして、シグニスの勧めもあって亮真への仕官を決めたロベルトですが、当然一筋縄ではいきません。

捻くれた性格のロベルトが仕官の条件として提示した物とは……

それとユリア夫人の方も見逃せません。

亮真に夫を殺されたユリア夫人。

そんな彼女の心に有るのは夫を殺された事に対しての復讐心か、はたまた鎖を断ち切ってくれた男への新たな愛か。

そんなユリア夫人の前にはシモーヌが……そして、姉妹も……

果たして愛憎渦巻く昼ドラ展開になるかどうか！

まぁ、なりませんのでご安心ください。

と言うか、書けません。

そんなこんなで、お送りする十五巻目となっております。

次の十六巻は、予定通りにいけば今年の七月ごろでしょうか。

今から頑張って準備しますので、楽しみにしていてください。

幸い、今年の一月からお世話になっている新しい現場は、人間関係に関しては問題ないので。

何時までお世話になるかは不明ですが、悪くない現場だと思っています。

遠いので通勤時間が長いのと、めちゃくちゃ電車が混む事を除けば……ですが。

人間関係に恵まれ、通勤時間が短く、駅前辺りで飲み屋が多い現場とかないですかね？

ご存知の方がいらっしゃいましたら是非ご一報ください！


最後に本作品を出版するに際してご助力いただいた関係各位、そしてこの本を手に取ってくださった読者の皆様へ最大限の感謝を。

今後もウォルテニア戦記をよろしくお願いいたします。

著／保利亮太
イラスト／bob
ウォルテニア半島に
居を据えた
御子柴亮真の
躍進は続く——。
2020年夏　発売予定！

コミック版も好評連載中！
漫画：八木ゆかり
原作：保利亮太
キャラクター原案：bob
コミックス
①～⑤巻発売中!!
コミックファイア公式サイト
http://hobbyjapan.co.jp/comic/
ウォルテニア戦記XVI

コミカライズも連載中の
スナイパー英雄譚！
著／かたなかじ
イラスト／赤井てら
漫画：瀬菜モナコ
原作：かたなかじ　キャラクター原案：赤井てら
発売予定!!

魔眼と弾丸を使って
異世界をぶち抜く!
第8巻 2020年夏

超人級スナイパー、
異世界へ!
「コミックファイア」にて好評連載中!!
「魔眼と弾丸で
異世界をぶち抜く!」、
単行本第①巻 3月27日(金)発売!!
http://hobbyjapan.co.jp/comic/
漫画：瀬菜モナコ
原作：かたなかじ キャラクター原案：赤井てら

大聖堂にようやくたどり着いた
クマキチ一行を待ち受けていたのは
反逆者の烙印だった。
王国の覇権を巡った政局の渦に巻き込まれ、
絶体絶命のピンチが訪れる。
転生9
―森の守護神になったぞ伝説―
三島千廣
イラスト○転

クローディアの願いは王女に届くのか？
クマキチの命を懸けた男伊達の結末は！
shirokuma-tensei
シロクマ
2020年 春頃 発売予定！

白兎のクラスにやってきた
転校生の少女・リーゼ。
彼女と意気投合した白兎は
『DWO《デモンズ》』のパーティに誘う。
著：冬原パトラ
イラスト：はましん

リーゼを仲間に加え、
さらににぎやかに
楽しむシロたち。
しかしゲームにはいろいろ突発的な
危険もあるようで……。
VRMMOは
VRMMO with a rabbit scarf.
ウサギマフラーとともに。2
2020年春頃発売予定！

HJ NOVELS
HJN09-15

ウォルテニア戦記XV

2020年3月21日　初版発行

著者――保利亮太

発行者―松下大介
発行所―株式会社ホビージャパン
〒151-0053
東京都渋谷区代々木2-15-8
電話　03(5304)7604（編集）
03(5304)9112（営業）

印刷所――大日本印刷株式会社

装丁――coil／株式会社エストール

Printed in Japan

ISBN978-4-7986-2151-7　C0076

ファンレター、作品のご感想お待ちしております
〒151－0053　東京都渋谷区代々木2－15－8
(株)ホビージャパン HJノベルス編集部 気付
保利亮太 先生／bob 先生

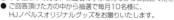